90くんところがったあの頃

大槻ケンヂ

角川文庫 13078

目次

はじめに

本書は、週刊アスキー誌に連載していた「90くん！」というコラムを集めたものです。

90年代に起こった事件を振り返ってみよう、というテーマの連載だったのですが、そこは大槻のやることです、批評性やアカデミズムが匂いたつわけもなく、いつもの通り、アハハと笑えてサクサク読める脳天気なエッセイになっています。

電車の中でお風呂の中で、ポンと空いたヒマな時間に開いて、「あーそうだ、90年代にはこんなことがあった、すでにもう懐かしいなぁ。それにしてもアホなこと書いてんなぁ。ウププ」と、心なごんでもらえたらうれしいものです。

大槻ケンヂAV出演……'89年

'90年代前夜に僕が何をやっていたかと言えば、売れないロッカーをやっていた。'88年にデビューしたがパッとせず、1年たった'89年はさらにパッとしなかった。事務所からの給料は、手取り3万5000円。自宅住まいのパンクスだったので、食うには困らなかったが遊ぶ金がなかった。そんなときどこから調べたものかKUKIというAV製作会社から自宅に電話があった。

「あのー男優やりませんか」

「あっ、いいスよ」

裸の姉ちゃんが生で見れて小銭も入るとは願ったりかなったり。二つ返事でOKした。一応マネージャーに「出るよ」と報告すれば「本番さえしなけりゃいいよ」と笑って応《こた》えた。プロデビューしているバンドマンがAV出演など、今なら想像もできないことだ。'90年代前夜、AV界とロック界は密接な関係にあり、当時としては、それほど驚く事件でもなかったのだ。

'90年代に入り、一大バンドブームが巻き起こるまで、誰ひとりとしてロックが商売になるなどとは夢にも思っていなかった。バンド者たちは単に〝若くて表現意欲のあり余ってるやつ〟の群れに過ぎなかった。そして彼らは、役者や映画監督を志す連中と十把《じっぱ》一絡《ひとから》げのサブカルチャー小空間の中でドロリドロリとひとつの渦をつくっていたのだ。それらは平等にマイナーであった。ＡＶ業界の一部もこの渦の中にあった。

表現の場を求める連中は、時にはバンド、時には小劇団、そして時にはＡＶの中に舞台を見つけた。転々としていたのだ。

だからミュージシャンたちがホイホイＡＶに出演していたのだ。JAGATARA、人生（後の電気グルーヴ）、泯《ミン》&クリナメン……。'90年代前夜の東京ライブハウスシーンで名の知れたバンドのメンバーばかりだ。メトロファルスはおっかけの女の子がＡＶギャルにスカウトされるやらせものに出演。スターリンの遠藤ミチロウは公募で選んだ女優と本番、ばちかぶりの田口トモロヲは疑似ファック出演だったがその後に無修整が流出した。珍しいところでは町田康（当時町蔵）が全裸で「キャベツ〜キャ〜ベッ〜」と唄《うた》いながら暴れまわるシュールなビデオなんてのも実在した。すべて日本ロック史的に貴重な映像であると同時に、大槻個人にとっては知り合いが出ているためにまったく抜けない困ったＡＶの数々である。

僕が出演したのは『女教師の下着』という書店販売のソフトＡＶだった。主演は'80年代のトップＡＶ女優冴島奈緒。彼女扮《ふん》する高校女教師を巡ってのエロコメディーだ。

女教師の下着を持っていれば受験に受かると聞きつけた頭の中身アジャパーなバカ高校生５人組。まじめ君に可愛い子ちゃんにスポーツ少年、さらにパンク小僧&小娘が、あの手この手でパンティー争奪戦をくり広げる。なかでもオツム爆発のスポーツ少年は、ほとんど放送コードギリギリの奇妙な歩き方をしながら女子トイレへ忍び込むも、可愛い子ちゃんに見つかって「キャ〜ちか〜ん！」とばかりにホウキでバシバシにしばかれる。便器を背にヒ〜ン！と泣き出した彼の表情たるやジョージ秋山の銭ゲバも裸で逃げ出す情けなさ。誰だこいつは⁉と思ってよく見ればそれがオレなのだ。

その名も〝番頭野郎〟という芸名で下着泥棒のスポーツ少年を演じていた男こそ誰あろう、'90年代前夜当時23歳の大槻ケンヂなのである。

撮影は2日間で終わった。ラストシーンは渋谷《しぶや》パルコの前。撮り始めると同時に警官がイチャモンを付けに来た。助監督が謝り、警官と交番へ向かう。警官の姿が見えなくなったのを確認して監督は何ごともなかったように「じゃ、撮影再開」と言った。手慣れた彼の所作がいかにもサブカルチャーのヤクザな匂いを感じさせてまだ青年の僕は思わずオウ！と感動した。

ギャラは4万円もらった。バンドの月給より5000円高かったわけだ。タワーレコードに行って、その年ついに発売数がLPを抜いたCDなるものを買い込んで自宅に帰った。ロックは'90年代に入り急速に商品化していった。今やデビュー1年目の青年がAVに出演するなどということは、クロマニヨン人がマイクロソフトに入社するよりもあり得ない話であろう。僕のAV出演は、'90年代前夜だからこそ出会えることのできた奇妙な体験として心に残っている。

惜しむらくは〝絡み〟をやらなかったことであろう。やっぱ恥ずかしくてできなかったのだ。ズバリ言って逃げたわけで、今にして自分が情けない。まー自宅通いのパンクスだもの、いくじもないわな。

'90年代前夜にＡＶ共演した人々のうち、パンク少年を演じた〝現場工事〟は現在も松原工事という名でＡＶ界にいるようだ。まじめ君を演じた〝大石隆夫〟は、泯＆クリナメンのギタリストとしてプロデビューを果たした。しかし'90年代半ばに解散、今は知らない。可愛い子ちゃん役の結城ゆかり、パンク少女役の桐嶋ゆうも共に消息不明。冴島奈緒はＮＹに旅立った……とそれぞれのその後を列記するとまるで映画『アメリカン・グラフィティ』のようだ。ちがうか。

そして僕はロックと執筆の日々に突入していった。


（文中敬称略）

イカ天は過ぎさり池田貴族はガンになった!……'89年

*「イカ天」＝大ヒットの背景に、空前のバンドブームがあった。努力よりチャンス、目立つことがベスト、こんな若者感覚の延長線上に「イカ天」人気はあったのかもしれない。司会は三宅裕司。

'80年代までは、ロックバンドがプロデビューすることは困難を極めた。それは近所のバカが10年ぶりに会ったらレオナルド・ディカプリオになっていた、ぐらいに可能性の低いことだったのだ。

ところが'90年代に入り状況はガラリと一変する。うって変わって猫も杓子《しゃくし》も大槻ケンヂさえもプロになれる時代が来たのだ。いくつかの小さなムーブメントの重なり合いが音楽業界の常識を変えた。

'80年代後半、中央線界隈《かいわい》のパンクスがアングラに行なっていたレコードの自主制作が〝インディーズ〟と呼ばれメディアにもてはやされた。有頂天、ウィラード、ラフィン・ノーズの3バンドは〝インディーズ御三家〟という卒倒するぐらい恥ずかしい称号を与えられメジャーへ進出し、よくも悪くもその後の架け橋を作った。少し遅れて原宿歩行者天国で休日に演奏する連中が〝ホコ天バンド〟として脚光を浴びる。

彼らの多くが’89年に放送の始まった素人バンドの勝ち抜きバラエティー番組「平成名物TV イカすバンド天国」通称〝イカ天〟に出演。番組は高視聴率をマーク。インディーズ、ホコ天、イカ天、3つのブームがひとつとなり〝バンドブーム〟となって、その後のバンドプロデビューの門戸を革命的に開けたのだ。インディーズからはブルーハーツ、筋肉少女帯、Xなどが登場、ホコ天からはJ《ジュ》（S）《ンス》W《カ》がぬきん出る。

イカ天からは番組の性格上か、〝変〟なテイストを持つバンドが数多く世に出た。たま、大島渚、人間椅子、マサ子さん、カブキロックス、宮尾すすむと日本の社長などなど、バンド名を並べただけでもかなり〝変〟だ。

メジャーへの門戸開放がバンドにとって良いことだったとは言い切れない。この頃はまだ、ロックバンドは寄席で言う色もんとして扱われることが多かった。そして、すぐに消費されていった。一発芸の色合いが濃いイカ天系のバンドのほとんどがすぐにテレビから消えた。

その中で、しぶとくというか何というか、’90年代のテレビを度々にぎわせたバンドマンがいた。

池田貴族である。

リモートというバンドでイカ天に出演した彼は、審査員に悪態をついたり、原宿に「喫茶リモート」を開いたり、バンドだけに留《とど》まらぬ活動が目立つ人物だった。

「そういうやつって、ほかのメンバーに嫌われんだよねー」とわが身に照らし合わせて思っていたら、案の定リモートはイカ天放送終了後すぐに解散。

この後の池田貴族のインチキぶりは目を見張るものがあった。なんと彼は〝心霊オーガナイザー〟を名乗り、お化けもののテレビ番組に出まくりはじめたのである。霊能力保持も公言し、心霊界でメキメキ頭角を現わす。ミュージシャンがそんなところで頭角現わしてどうする、という気もするがともかく彼は〝人気心霊タレント〟となりテレビ界に居残った。本人いわく「つのだじろうとは対立したかな（笑）」といった位置。

ところがオウム騒動でオカルト番組が減るやいなや、彼は、実はエイズに関しても博識であったことを電撃告白。突如〝エイズにくわしいロッカー〟（なんだそれ？）としてテレビに登場するようになる。エイズの話題が巷《ちまた》でひと段落するや、今度は〝サッカーにくわしいロッカー〟として登場。オイオイ、とつっ込みを入れる間すら与えぬ変わり身の速さにアキれ返っていると、ついに池田はとんでもない肩書きを名乗り始めた。

「よろず評論家の池田貴族です」

いい加減にしなさい。

それでもいい加減にできないのが彼なのだろう。'96年、池田は思いも寄らぬ肩書きを引っ提げて世間に登場した。

〝ガン患者〟である。

30代にして肝細胞ガンを患った池田は、闘病記を出版し一躍時の人に。数ヵ月後に再び入院。

3度目の手術の後、僕とみうらじゅんさんのイベントにフラリと現われて言った。

「でも、ガンのおかげで『徹子の部屋』にも出られたよ」

ニヤリと笑ったものだ。

「退院記者会見を楽しみにして手術受けたのに、ちょうど勝新太郎が死んでさぁ、かぶっちゃってさ、俺の扱い小さくなって、あれ口惜しかったね〜」

オイこれ、ちょっと笑っていいんだろうか？　僕とみうらさんはリアクションに困ってしまったのだ。すると雰囲気を察知したかガン患者は不敵に言った。

「ガンってステージ1から4まであって4が最悪なのね。で、俺、ステージ4なのよ……どう？　スゲーだろ？」

見上げた男がこの世にはいる。自分のインチキな芸風にどこまでも忠実なのだ、ガンすらもネタにしているのだこの人は。

みうらさんとオレは〝あーそういうことか〟と、「そりゃスゲー！　ガーン！」とか言ってゲラゲラと笑って応《こた》えた。

数カ月後、彼を囲むイベントが有志によって行なわれた。

マサ子さん、オーラ、ブラボーなどなど、懐かしのイカ天バンドが大集結した。いずれもロックの歴史の上では色もの扱いされているバンドマンばかりだ。まーオレもそのひとりだろう。

しかしオレは思うのだ。人を驚かすことがロックの基本コンセプトであるなら、インチキであればあるほど、それは純化され逆にロック本来の姿に近づいていくのだ。インチキからインチキへと飛び石歩行を続けながら、だからこそ池田貴族の生き方はとっても「ロックっぽいじゃん」とオレは思うのだ。

このコラムを書く直前、貴族さんがまた入院した。退院記者会見の日に大事件がぶつからぬよう願う。

p.s.

本文中でイカ天バンドが〝テレビから消えた〟と書いたが、あくまでテレビからであり、それぞれ現在もさまざまなスタンスで活躍している。特に人間椅子は、初期レインボーやブラック・サバスのマニアから熱い支持を受け、日本では珍しいタイプのカルトバンドとして、独自のスタンスを築き上げている。

カブキロックスの氏神一番は、織田無道と中古車販売店のCMに登場したりと、池田貴族氏をさらにウサン臭くした芸風で'90年代を突破している。紅白にも出た、たまは、今は戻るべきところに戻ったといった感じで、マイペースでやっているようだ。みんな活躍中だ。

ちなみに'90年代売れまくったGLAYも、イカ天に出たことがあるそうだ。そのときはまるで人気が出なかったとのこと。ブランキー・ジェット・シティもイカ天出身。池田貴族氏は'99年4月に

CDを発売。赤坂BLITZでライブも行なう予定。気楽に待ちましょ。

p.s.

'99年12月25日、ガンにより池田貴族氏は他界した。

p.s.

'03年たま解散。

即位の礼、その裏でボヨヨンロックが暗躍していた!……'90年

＊昭和天皇は89年1月7日午前6時33分、十二指腸乳頭周囲腫瘍のため崩御。大喪の礼は2月24日、東京・新宿御苑で営まれた。即位の礼は90年11月12日、皇居・宮殿で。陛下は象徴天皇としての即位を宣言された。

'90年、明仁《あきひと》親王が新天皇に即位されたことを国内外に公式に示す〝即位の礼〟が執り行なわれた。即位自体は1年前の、昭和天皇崩御と同時のことであった。1年間の喪があけてからの行事となったのだ。

昭和天皇のご容態が悪くなり、ついに崩御、大喪の礼が行なわれてから即位の礼までの約1年半。'89年から'90年、昭和から平成に年号が変わったこの間、日本は国を挙げての自粛ブームとなった。陛下が苦しんでおられるのに国民がニコニコしちゃいかんだろうというのが理屈である。

とにかく街からニコニコが消された。テレビからラジオからニコニコ成分のあるものは排除された。井上陽水がニコニコしながら「お元気ですか〜?」と問いかける車のCMまでが音声をカットされた。するとCMは陽水さんがニターと笑いながら口を金魚のようにパクパク開閉するのみという極めて不条理な映像となり不気味この上なかった。音声カッ

トせんほうが自粛していたような気もするのだけれどどうでしょう？

崩御当日の街の自粛を朝日新聞はこう記している。

「パチンコ店やゲームセンターもネオンを消し、軍艦マーチなどの音楽は一切中止。（中略）ダンスホールやディスコは軒並みに営業中止で、居酒屋やバー、ピンクサロンなどは休む店も多い」

まるでゴーストタウンである。それにしても、いくら'89年のこととはいえ軍艦マーチを流しているパチンコ屋って自粛抜きでももう存在していなかったと思うのだが……ダンスホールや〝ディスコ〟というのもスゴイ。きっと、かなりお年をめした方が書いたんだろうな。ピンクサロンだし。

オレは右も左もないノンポリ男である。それでも昭和天皇は嫌いではなかった。行雲流水としたたたずまいがけっこう好きだった。

だって日本国の象徴でありながら、口癖が「あっ、そう」というのはスゴイことだ。日本国象徴に「あっ、そう」とお言葉をいただいたなら、すべてのことはザッツ・オーライであろう。並々ならぬ寛容力である。

とは言え、崩御の日、オレが自粛していたかといえばそうとは言えない。この日、人気のまるでない新宿をオレはホテホテと歩きながら鼻歌で曲を作っていた。

その曲というのが不謹慎極まりないものであったのだ。

アルタから新宿御苑《ぎょえん》につく間に、フルコーラスが完成していた。

崩御から1カ月後の2月、新宿御苑で大喪の礼が行なわれた。棺《ひつぎ》を運ぶ葬列はからくり人形のような機械的な動作でゆっくり前進した。荒俣宏《あらまたひろし》の『帝都物語』の世界そのものの妖《あや》しさだった。ハ～日本もまだまだオカルト大国、と驚いたもんだ。

この日、オレは市ケ谷《いちがや》の自衛隊駐屯地のそばにいた。いや、別にテロを画策していたとかではなくて、自衛隊駐屯地対面のスタジオでレコーディングしていたのだ。

崩御の日に作詞作曲した例の曲だ。

「ボヨヨンロック」という題。こんな詞だ。

「ボヨヨンボヨヨンボヨヨンボヨヨンボヨヨンボヨヨンロックンロール！

俺はオナラで空を飛べるぜ！

俺のオナラはマッハ5000か？　あの街この街空を見ろ

俺の描いた飛行機雲よ！」

不謹慎にもほどがあるというものだ。

やんごとなきお方をお送りする日にオナラで空を飛んでどうする。

思い出すたびに申し訳のなさで心が痛む。かけ出しの貧乏ロッカーのこと、時間と金に追われ、この日しかスタジオが取れなかったのだ。オレは申し訳ない申し訳ないと心で何度も詫《わ》びながら「ボヨヨ～ン！　ボヨヨ～ン！」とアホ丸出しのおたけびをマイクに向かって叫び続けた。不敬な話であろうか。

陛下はこんなオレに「あっ、そう」と寛容の心で微笑んでくださるだろうか？

ちなみにこの曲、その後「オレのバーちゃん黒人好きだぜ！」「オレのジーちゃんジャワ原人だぜ！」と続くのだが果たしてどうしたもんでしょう。本当に。

「ボヨヨンロック」はベスト10に入るヒット曲となった。

今ではごくたまにシャレでしか唄《うた》わない一曲である。「俺はオナラで空を飛べるぜ！」と唄い出すたびにオレは崩御・大喪の礼のあの静まり返った東京を思い出す。不敬な話であろうか。

即位の礼が行なわれた日は、ラジオのイベントで演奏していた。

「ボヨヨンロック」収録の日、つまり大喪の礼の日にリズム録《ど》りをした曲でタイトルを「日本印度化計画」という。題のとおり日本をインドにしてしまえ！という実にアナーキー＆デストロイな内容である。一聴しただけではコミカルなので、放送禁止にもならずヒットしてしまった。

即位の礼の当日に、「日本をインドにしてしまえ！」はマズイだろうと思いつつもヒット中なので唄わぬわけにもいかない。またしても申し訳ない申し訳ないと思いつつ声の限りに叫んだものだ。

今でも「日本をインドにしてしまえ！」と唄えば大喪の礼と即位の礼を思い出す。やっぱり不敬な話であろうか。

p.s.

即位の礼の前後、金髪のロックミュージシャンが一時的に日本国内で減少した事実をご存知であろうか？　今までバリバリのパツキンにしていたロック者の一部が、この時期のみ髪の色を黒にもどしていたのだ。

実は、このころロック界では、即位の礼に合わせた、右翼による金髪ロッカー狩りのウワサがまことしやかに囁《ささや》かれていたのだ。

おごそかな即位のときに日本人が金髪でいるとは何事か！　と、右翼に首根っこつかまれ髪の毛バリバリ切られてしまう、とのウワサ。まさかそんなことあるわけないが、外見とは裏腹に気の弱いロッカーたちは、そりゃコワイやってんで、自ら髪の色をせっせと黒色にもどしたというわけ。今にして思えばあのウワサは平成都市伝説の第1号だったかもしれない。振り回されたロッカーはマヌケでしたな。

アフロ狩りとかラスタ狩りのウワサはなかったのかな？

ろうおりいんぐうすとおおんず来日……'90年

'80年代末、僕は専門学校に通っていた。クラスに東北出身のロック姉ちゃんがいて、彼女は渋谷《しぶや》の外れの四畳半アパートで男と同棲《どうせい》していた。恋人はやはり東北出身のバンドマン。ローリング・ストーンズ好き。東北、同棲、ストーンズと三種の神器が揃ったなら二昔前の刑事ドラマに出てくる暴走カップルのようだ。いや、実際そのとおりだった。彼女のほうはよくラリっていた。

ある日、若干ろれつの回らぬ口調で彼女は僕に、彼との恋の破局を教えてくれた。

「アイッさ〜、出てっちゃった〜、置き手紙残して」

彼氏からの別れの手紙を開いてみるとそこには、

〝さよなら　僕のアンジー〟

と一行あったのだそうだ。

〝アンジー〟とはストーンズのバラード「悲しみのアンジー」からの引用であろう。同棲相手をアンジーと呼んでいたのかバンドマンよ！　東北、同棲、ストーンズの上さらに、さよなら僕のアンジーと来たわけだ。もうお腹一杯の青春の衝動である。サティスファクション！　ちなみに彼女は専門学校中退後ストリッパーになった。ライク・ア・ローリングストーンである。

中古ビデオ屋で彼女主演のアダルトビデオを発見したのはその数年後の'90年だった。

'90年、ローリング・ストーンズが初来日。

ストーンズ初来日が、'80年代以前にはどれだけの大事件であったか、'79年に公開された長谷川和彦監督の映画『太陽を盗んだ男』を観るとよくわかる。

――人生に飽き果てた中学教師の沢田研二が原爆を自主製造。警察と政府を相手に無茶苦茶な要求を叩《たた》きつける。そのひとつはプロ野球中継を最後まで放送することであり、そしてもうひとつの要求こそが、ローリング・ストーンズを日本に呼んで公演させること、なのであった……。

猫も杓子《しゃくし》もベンチャーズのようにすぐ来日する今日と違い、当時、まだまだ外タレは敷居が高く、ストーンズの来日などは、本当に映画の中でジュリーが原爆造って要求しないと実現不可能なぐらいの大事件であったのだ。

いや、映画の中でさえローリング・ストーンズは来なかった。

警察と政府はジュリーを欺く。ストーンズ来日のニュースを流し、公演会場の日本武道館(東京ドームはまだなかったのだよ)に集まった人々を一勢包囲して、その中から犯人を見つけ出そうと計画したのだ。

そうとは知らぬジュリーは原爆かかえて九段下へ。待ち構えていたのは菅原文太演じる刑事だ。ふたりは武道館そばのビル屋上で対決。ジュリーは文太に手錠をかけ、銃をつきつけ、意外にも文太に共闘を呼びかける。

「いっしょに闘わねえか、刑事さん……」

文太、無言。ジュリー、無言。間。

と、文太がクワーッ！　と目を見開き怒鳴るのだ。

「ろぅおおおりぃんぐぅすとおおおんずなど、来おおおうんっ!!」

恐らく、菅原文太はローリング・ストーンズなる毛唐の楽団を、映画の中だけの架空の存在と思い込んでいたのではないだろうか。なんたって、ろぅおおおりぃんぐすとおおおんず！　である。トラック野郎そのままの、菅原文太のあの口調で発せられては、ゴッド・オブ・ロックがなんだかスーパーロボット大戦の字幕みたいだ。

さすがのジュリーも、ろぅおおおりぃんぐすとおおおんず！　には驚いたのか、この後ふたりは同体のままビルから転落してしまう。

『太陽を盗んだ男』は、原爆を使ってまで要求したいことなど本当は何もなくて、ただ、原爆のように大爆発してみたいという青春の衝動が体の内でくすぶっていただけだったのだ、という、'70年代全共闘世代の空虚感を、'80年代直前にアクション映画に昇華した名作であった。

空虚感……つまり、I can't get no satisfaction ということであり、だからこそのストーンズ来日要求だったわけだ。

「るうおおおりぃんぐぅすとおおおんずなど、来おおおうん!!」

ところが'90年代に入り、ストーンズはごくフツーに日本へやって来た。

僕もごくフツーに見に行った。曲目もヒット曲中心で、実にわかりやすいものだった。もちろん「悲しみのアンジー」もやった。

ミック・ジャガーはくねくねよく動く中年男で、動き過ぎてたまにポーズが岡八郎とかラッキィ池田みたいで笑えた。さらにMCは「ソロソロ、速イ曲行クゼ」などとタドタドしい日本語なのであった。別に原爆など造らんでも来てくれそうなオッサンだ。

新譜からも数曲演奏したものの、受けず、結局コンサートは大懐メロ大会となった。

'90年代に入って、ロックバンドはホイホイ来日するようになった。うれしいことだが伝説という言葉はロックから消えた。伝説という言葉に含まれていた、人々のロックに対する過剰な思い入れは、今やただ、こっ恥ずかしいだけだ。

るうおおおりぃんぐうすとおおおんず! は来日した途端ごく普通にローリング・ストーンズになった。

(文中敬称略)

p.s.

便利さは何かと引き換え、ロックの場合はそれが、伝説、だったようで、'90年代に入り伝説のバンドがポンポコ来日してありがたみがなくなりましたなあ。

ストーンズなんかはまだいいほうで、セックス・ピストルズが再結成して日本に来ちゃったのはアレはOKだったんだろうか？

「すうえっくすぴぃすとるずが、来たああっ!!」

文太風に言うならこうか。

ピストルズのボーカル、ジョン・ライドンのPILも来日。というか俺、PILの前座を武道館でやった。

ある朝、新聞を広げたら「PIL、筋肉少女帯と共演！」と載ってて初めて知った。やってみたら客層がバラバラでパンクスからブーイングが俺らに飛んだ。当たり前だ。俺だってPIL見に行って筋肉少女帯が出てきたら文句言うよ。筋少ファンから手紙が来て「PILって初めて見たけど、わりとかわいい人たちですね（特にボーカル）」ってのには涙が出そうになりましたよ。

宮沢りえヌード写真集『サンタフェ』発売！……'91年

トップアイドルのヌード写真集発売も、今ではそう驚くほどの事件でもなくなった。

しかし、'91年、当時飛ぶ鳥を落とす勢いであった女優・宮沢りえが、その豊満な裸体をレンズの前にさらしたときの衝撃たるや、なにかもう〝鼻血ブー〟という谷岡ヤスジのあの台詞《せりふ》は、今日この日のためにあらかじめ創作されたのではなかろうかと思わされるほどの驚きと興奮があった。

日本国男子の8割方が宮沢りえヌード写真集その名も『サンタフェ』を開いて鼻血ブーしていた。高木ブーさんもしていたかどうかは知る由もない。とりあえず大槻は鼻血ブーであった。

『サンタフェ』というタイトルまでが流行語となった。そのころ、都内にこんな名前のボクシングジムができたほどだ。

『ボクシングジム・サンタフェ』

おそらく、「やっぱり拳闘《けんとう》なんていうと野暮ったいイメージがあるからネ、ちょっとこう、若い娘さんも来やすいような、おシャレな名前をつけようじゃない」と、元バンタム級王者や東洋ミドル級1位の親父達が名付けたのであろう。何かこう、ふと見上げたスナックの看板が来夢来人とか多恋人などであったときのような、うすら寒いネーミングだ。

タイトルどころか撮影した篠山紀信までが時の人となった。

某ストリップ劇場では〝サンタフェ・ショー〟なるものが催された。〝自称・宮沢りえそっくりさん〟のストリッパーを、お客がポラロイドで撮影できるというのだ。お客はその際、篠山紀信になりきるため、アフロヘアーのかつらをかぶらなければいけなかった。

ストリップ劇場まで巻き込んだサンタフェブームの真っ最中、僕は当の宮沢りえと遭遇した。

井上陽水さんに銀座のバーへ連れていってもらったときのことだ。さすが陽水さんクラスの人が行く店である。お歴々と呼ぶべきメンツがせまい店内にひしめいていた。山田詠美、篠原勝之、阪神の監督、タモリ、デーモン小暮、そして宮沢りえ&りえママである。僕と共に連れてこられた奥田民生と陣内大蔵はお歴々の一挙一動に「テレビ見てるみたいだあ」と驚きかつビビっていた。

夜も更けたころ、両手に花束を抱えたひとりの男が、ドカーンという感じで店の扉を開けて入ってきた。彼の姿を見るや、今までニコニコワイワイと談笑していたお歴々の表情が一瞬凍った。「……あ……」と、教師に喫煙を見つかった高校生のように青冷めた。

「おおっ！　タモリ！　元気かあっ！」

と言いながら花束を店のママにポンと放り投げたその人は野坂昭如《あきゆき》先生であった。

先生はタモさんを骨も砕けよとばかりに強く抱きしめた。

野坂先生のインパクト……いや人間力たるやなかった。店内を縦横無尽に走りまわり、篠原勝之さんのスキンヘッドをぱかーん！と叩《たた》いたかと思えば陽水さんを指差し「君が井上陽水かっ！……でっかいな〜！」となんだかわからないコメント。陽水さんに陣内大蔵くんを紹介されてしばし沈黙、やにわにクワッと目を見開き「そうか！　君が新加勢大周だな！」とのトンチンカンなリアクションもすごかった。無頼派文学者のナチュラルパワーに僕は声も出なかった。

するとそのとき、「いや」という可愛い悲鳴が聞こえた。声の主は宮沢りえちゃんであった。どうも誰かがりえちゃんのお尻《しり》をさわったようなのだ。彼もまた『サンタフェ』に鼻血ブーした口なのであろう。痴漢行為であるが飲みの席でのこと、りえママもガハハ！と笑い、りえ本人も「んもう」と怒ったふりをするにとどまり、店内はなし崩しの笑いに包まれ一件落着と誰もが思った。

しかし……。

「なにをしちょるかああっ!!」

野坂先生が怒った。

りえのお尻をさわった客にアンディ・フグばりのハイキックを一発。かわされてさらに連打しようとしたところをデーモン小暮閣下がうしろから羽交い締めにした。前からはタモさんがおさえ込む。それでも野坂先生の怒りはおさまらず、足をジタバタ「はなせえ！はなせいっ！」収拾がつかない。てんやわんや状態を静めたのは当のりえであった。「先生、私、怒っていません」可愛い顔で言われては先生も「そ、そうか」と落ち着くしかない。

りえは野坂先生の隣にピタリと座り微笑んで言った。

「あ・り・が・と・う」

その笑みのなんと美しかったことよ。服を着ていても彼女は鼻血ブーのオーラを放射していた。

〝激ヤセ〟以前の出来事である。

それから数年後の'97年、井上陽水と奥田民生はユニット〝井上陽水奥田民生〟を結成。ふたりが初めて出会ったのはあの銀座の夜である。ユニットはシングルヒットを飛ばした。シングル曲のタイトルは「ありがとう」であった。

（文中一部敬称略）

お立ち台ギャルいやらしかった!……'91～'94年

＊超ミニや露出の多い過激なボディコンの女性たちが扇子を片手に乱舞していたのが、お立ち台。そしてその下にはおしあいへしあい上を見上げる男性たちが……。ちなみにお立ち台の高さは1メートル20センチです。

'91年、芝浦《しばうら》にオープンした「ジュリアナ東京」では、ピチピチのボディコンに身を包んだ〝お立ち台ギャル〟たちが、〝ジュリ扇〟と呼ばれる大きな扇子を持って、ワンレングスの長い髪を振り乱しながら連日クネクネと踊りまくった。

それはまさに狂宴と呼ぶにふさわしい光景で、'94年のジュリアナ閉店まで続いた。私も取材などで何度か見に行ったが、ありゃすごかった。ズバリ言って集団ヒステリーに見えた。江戸時代の暴動〝ええじゃないか〟のようであった。抑圧された民衆の不満が踊りとなって爆発するという集団ヒステリーは特に女性に多いという。

'91～'94年と言えば、'80年代バブル経済が崩壊し、金をなくした男たちとその甘い汁をすっていた女たちが一挙にしおしおのパ～化した時期と一致する。あるいは本当に、ジュリアナの狂宴はバブル崩壊による女たちの集団ヒステリーであったのかもしれない。

お立ち台ギャル……今回は、彼女たちの実態と、背景となった時代性を立花隆的に分析しようと思うのだ。

私は書棚から関連する文献を探した。

1冊の書物を見つけた。開くと次のような一文があった。

「お立ち台に立った彼女は、すぐにその魅力に取りつかれた」

うってつけの1冊を見つけたようだ。ゆかりという名の若い娘が、お立ち台ギャルと化してゆく実体験ルポである。今回はこの1冊をテキストに、お立ち台ギャルとはなんだったのか、アカデミックに考察してみるとしよう。

私は書斎のチェアに腰かけじっくりと読み始めた。

——専門学校2年のゆかりは、夜ごとディスコで踊り狂い、女友達の家に外泊する毎日……。

典型的なお立ち台ギャルの日常が克明に記されている。

よい資料を見つけたな。

私はひとりうなずき読み進めた。

——そんなある夜、ゆかりは女友達の兄の部屋に奇妙なものを見つけた……。

「『お兄さん、あの時計の横のお面は何ですか？』

『ああ、あれは天狗《てんぐ》の面だよ』」

て、天狗？　天狗の面？？？　お立ち台ギャルの体験になぜ天狗の面？　ややとまどいつつも、私はさらに続きを読み進めた。

「ゆかりは片手で面を持ち、顔に当てて身体を振っておどけてみせた。

『あら、すごい。ミス天狗さんの踊りみたいやわ。今度、そのお面をかぶってディスコで踊ってみたらどや。みなびっくりするでぇ。大きな鼻と大きなバストのミスマッチングがおもろいわ』」

と、これはゆかりの女友達の台詞《せりふ》である。一体どうしたものか。どう理解すべきサゼスチョンなのか。天狗の面をかぶってみなを驚かせろ……そりゃまーそんな女がディスコにいたら誰でも腰を抜かすだろうが、果たしてそれ名案と言えるのだろうか？

だがゆかりは女友達の言葉のままに、

「明日はこの面を持ってディスコへ行ってみよう」

と決める。そしてひとり部屋の中で……。

「シルバーの服を着て面をつけてみた」

とある。そうやって鏡の前で踊ってみると、

「踊りのノリもどことなく変わるような気がした」

よほど天狗の面のグループ感に酔いしれたと見える。ゆかりはついに歌まで唄《うた》い出した。20代になったばかりのお立ち台ギャルが唄ったのはズバリこんな歌だったという。

「『天狗さん　天狗さん、どうしてお鼻が大きいの』

ゆかりは『ぞうさん』の歌を口ずさんでいた」

読者よ想像して欲しい。シルバーのボディコンに天狗の面をつけたギャルが、ひとり自

室の鏡の前で踊り狂いなおかつゾウさんの替え歌を唄う姿を！

どういう体験ルポなんだこれは⁉　私はガク然としながらも読み続けた。するとルポはまたしても予想だにもせぬ展開を見せたのだ。あろうことか、ゆかりが天狗の面に、欲情し始めたとあるではないか‼

「彼女はベッドの上にすわったまま膝《ひざ》を立てた状態で股《また》を開き、そこに面を持っていった。天狗の鼻がゆかりの薄い茂みに触れた。『いい匂いでしょう？　天狗さんってもしかしたらエッチなんじゃない』」

な、なんなんだ⁉　この展開は一体なんなんだ⁉　さらに……。

ゆかりは天狗の面を股間《こかん》にあてがいエクスタシーに達したという。女友達のマミまでもが天狗の面にムラムラ。ふたりして面を取り合い、ついにはキャットファイトが始まる始末。

「鼻は、ジュッポーンというまるでシャンパンの栓を抜いたときのような音を立ててマミから離れた。ゆかりはなぜか嫉妬《しっと》を感じた。『どうしてマミなんかと』」

3日後、ゆかりは女友達の兄から天狗の面についての意外な話を聞かされる。あの天狗の面は、その昔ドサまわりのストリッパーがオナニーショーで使っていたもので、彼女は非業の死を遂げた……そう、天狗の面には女を淫乱《いんらん》にするストリッパーの怨念《おんねん》がこめられていたのだっ！

とここまで読んで、さすがの私も資料を選び誤ったことに気付いた。

▲ぜひ一読を！　と薦めていいものかどうか……

表紙をあらためて見たところ、私が読んでいたのは体験ルポはルポでもこんなタイトルの1冊であったのだ。

『恐怖体験　私は性霊に犯された!!　襲いくるセックス・ゴーストの恐怖』。

日ごろからアホな本ばかり買っていると、お立ち台ギャルの分析すら容易にできませんな。

p.s.

朝倉三心著、にちぶん文庫刊『恐怖体験　私は性霊に犯された!!　襲いくるセックス・ゴーストの恐怖』は、紛れもなく'90年代を代表する奇書である。その異常さは、アレコレ書くよりも目次から章のタイトルをいくつか挙げた方が一目瞭然《りょうぜん》であろう。こんなだ。

「天狗の面に魅せられたお立ち台ギャル」「武士に襲われた女子銀行員」「河童《かっぱ》に犯された人妻」「溺《でき》死体《したい》に強姦《ごうかん》された女子高生」「男の自慰を誘う情欲の池」「セックスの相手が変わるファッションホテル」「少年の性を弄《もてあそ》ぶ天井裏の人形」「熟女の下半身を襲う古墳の祟《たた》り」「老木に抱きついて欲情する女」「女子大生にとりついたレスビアンの霊」などなど。

ものすごいグルーブ感に書き写すだけで震えてしまった。ちなみに「少年の性を弄ぶ天井裏の人形」はピグマリオン・コンプレックスの話で、恐らく江戸川乱歩の『人でなしの恋』を参考にしているのではないかと思われる。それはともかく奇書である。みうらじゅんさんも持ってた。

ソ連崩壊……'91年

＊'91年8月、ソ連共産党保守派の国家非常事態委員会のメンバーがゴルバチョフ・ソ連大統領を軟禁。政権奪取を企てるが、失敗。以後、政権の弱体化が加速し、ソ連共産党解体、12月のソ連崩壊へと進んでいった。

'91年、アメリカと並ぶ世界の大国ソビエトが、なんと、なくなってしまった。まぎれもなく人類史に残る大事件であった。

とはいえ、オレのような男の人生とはほとんどリンクしない。ソビエト崩壊のニュースを知ってオレの脳裏に浮かんだのは、今後の世界経済の行方でも他共産主義国の動向でもなくこんなことだった。

「いんちきソ連人レスラーはどーするんだー？」

いんちきソ連人レスラーとは、ソ連人のギミックで売っていたプロレスラーのこと。米ソが冷戦状態にあった時代には、本当はアメリカ人だったりするのに、ソ連出身のふりをして悪役人気を得るレスラーというのがいたのである。

ソ連が崩壊して冷戦が終結したらやつらはおマンマの食い上げじゃないか、やつらはどーするんだー？　と、人類史上の大事件の最中、オレはそんなことぐらいしか心配する対象がなかったのである。

ま、そんなもんだろう。かなりミクロな事象を通してしか自分の人生とリンクしないもんだ。大方の人間にとってあまりにマクロな出来事は、
ゴルバチョフのペレストロイカ政策により、ソ連の情報が次々と日本に公開されてきたときも、オレの興味を引いたのは〝スタフナミン〟ぐらいなもんだった。

スタフナミンとは、ペレストロイカによって来日公演を果したソ連のロックバンドだ。もしかしたら〝スタスナミン〟だったかもしれないが、忘れちゃった。スタフナミンとしておこう。

共産国のロックとはどんなものかと思えばこれがなんとも不思議であった。

テレビで彼らのライブを観た。メンバーは見た目もハラショーなおやじ集団で、サウンドも独創的……と言うかずばり言って「走れトロイカ」のエレキバージョンみたいなヘンなノリだったんである。世界で初めてロックにポルカを導入した……と言えばスカコアの先駆のようだがそんなナウいものではなくて、ただ単に、「走れトロイカ」のエレキバージョン風味だったのである。呆然《ぼうぜん》とする日本のオーディエンスを前にスタフナミンはご機嫌の表情。ギタリストがギュイーンとソロを弾いた。なかなかうまいのだが、何を思ったかギタリスト、ソロの途中でやおら肩からギターを外した。まだ演奏は続いている。おお！　ギター壊しか⁉　初めて観る共産国のギター破壊に場内が一瞬どよめいた。

ところが、ギターを床に叩《たた》き付けるのかと思えばそうではなかった。ニコニコ笑いながらボーカリストにギターを差し出したではないか。するとボーカリストもニコニコと笑いながらギターを受け取り、そのままギュルギュルとギターソロを弾きだした。これには日本中のロック者が一斉に腰を抜かしたものだ。

「なるほどこれが共産主義というものかっ!!」

同胞よ！　わがギターを共有したまえ！　うむ同志よ！　われわれのギターを高らかに弾こう！　ハラショー!!

ということなんだろうか？

それにしても、もう一台ぐらいギター用意しといたっていいじゃないか。ア然として観ていると、手の空いたギタリストフスキー氏、さらに妙なことを始めたのである。

「ぽんぽん！　すぽぽぽぽーん！　すぽぽーん！」

なんであるかこのすぽぽーん！　は？

説明しよう。ギタリストフスキー氏が両手の掌《てのひら》を口に添えて、激しく叩き始めたのだ。清水アキラが村田英雄のマネするときにやる〝口つづみ〟。アレだ。アレの両手バージョンを、大観衆の前でPAを通して狂ったようにすぽぽぽーん！　と始めたのである。口つづみソロだっ。

「ぽんぽーん！　すぽぽぽぽーん！　すっぽこぽんのすっぽんぽーんっ！　ぽんぽこぽー

んのすっぽこぽーん！　ぽぽんがぽーんのぽーん！」

　2行も使ってしまった。オレもロックのライブではいろいろな奇行を見てきた、それでもスタフナミンのすっぽこぽんのぽーん！　に勝るパフォーマンスは未《いま》だ知らない。ある意味ジミ・ヘンのギター燃やしやキース・ムーンのドラム破壊以来のこれはパフォーマンス革命であろう。しかも終始ニコニコと笑みを絶やさぬあたり、ジミ・ヘンもキース・ムーンよりも超然としている。

　オレは、ソ連と自分とをつなぐ唯一のリンクポイントであろうすっぽこぽんのすっぽんぽーん！　を呆然と見つめながら、遠きツンドラに想いをはせたものである。

　スタフナミン以降、旧ソ連のロックバンド来日を聞かない。

　それに対しプロレス界はソ連崩壊後、多くの格闘家を旧ソ連より見つけ出した。

　ロシアの格闘家ヴォルク・ハンは、前田日明と数々の名勝負をくり広げ人気者となった。

　さらに関根勤の紹介で、〝手品のうまい外人さん〟として「笑っていいとも！」の素人参加コーナーにも出演した。この格闘家は、あまりにマクロなソ連崩壊という出来事を、かなりミクロな〝いいとも〟出演という事象を通すことによって、世のボンクラたちの人生とリンクさせてみせたのだ。ある意味ゴルバチョフ以上のペレストロイカ男とも言えなくもなくはない。

　オレは「笑っていいとも！」でしょぼい手品やっとるハンを見たときに、初めて「あーソ連ってもうないんだなー」と実感した。

（文中敬称略）

p.s.

ソ連崩壊と共に忘れちゃならないのは東西ドイツ統一だ。ベルリンの壁が崩壊したときにオレが真っ先に考えたことは〝わき毛〟であった。西ドイツにネーナという女性ロックシンガーがいて、けっこう可愛いのにゴンヌズバー！　とわき毛を生やしていたのである。

「では東ドイツの女もゴンヌズバーなのか⁉」

オレは、壁の崩壊に狂喜する東ドイツの民衆をテレビで観ながら、「わき毛はいないか？　ゴンヌズバーはおらんか⁉」と、目を皿のようにしてチェックしたものだ。

ところで、ペレストロイカによって公開された情報の中には、ＵＦＯに関するものもたくさんあった。ソ連のＵＦＯ情報を集めた中村省三の本によれば、ソビエトでは、体に対し極端に頭が小さい宇宙人の目撃例がいくつかあったそうだ。モスクワの南東にあるボロネジの住民や、中央ロシアの酪農家リューホフ・メドベージェフさんが目撃したと、旧ソ連の新聞に掲載されていたとのこと……。何より、ソ連にも「東京スポーツ」のような新聞が存在していたという事実こそがペレストロイカだ。

幸福の科学ブレイク……'91年

大川隆法が主宰である幸福の科学。'90年代には東京ドームで集会やるわ映画作るわの大ブレイク。特に、'91年には雑誌「フライデー」と大もめして大いに人々の注目を浴びた。幸福の科学最大のインパクトは、やはり大川隆法主宰による〝霊言〟であろう。

「私は大川隆法であって、大川隆法ではなーい！」

という名文句で有名なアレだ。

古今東西の偉人聖人の霊が大川隆法の肉体に降りてきて、主宰の口を借りて語るというのだから青森のイタコもビックリだ。

語られた言葉は本として出版され、いずれもベストセラーとなっている。でも著作権はどっちにいくんだ？

読んでみると、古今東西偉人聖人の霊が、「わしは○○○じゃ」、というような、非常にベタな口調で自分のキャラを強調していてなんだいこりゃって感じ。

かのノストラダムスも主宰の肉体を借りて霊言している。大川隆法著（？）『ノストラダムスの新予言』の1行目は大川ノストラダムスのあまりにイカしたひとことで始まる。こうだ。

「ノストラダムスです」

素朴でよいと思う。

大川ダムスは第二弾『ノストラダムス戦慄《せんりつ》の啓示』も出版している。二冊とも、人類の終末や予言などについて語りまくっている。

これに対して論理的につっ込みをいれている人々がいる。

科学解説家の志水一夫は『大予言の嘘』の中で、大川ダムスは実在しない自著について語っている、と指摘している。

ノストラダムスの予言書と言われている『サンテュリ』はフランス語であり、和訳するなら〝百詩編〟とすべき言葉なのに、日本ではなぜか、〝センチュリー〟と英語読みされ、〝諸世紀〟と誤訳された題が広く一般に知れわたっている。

奇妙なことに、大川ダムスは霊言の中で、自分の本のタイトルを『諸世紀』と語っているのだ。

本物のノストラダムスならば、正しく「百詩編」と語らなければおかしいではないか。霊言の信憑性《しんぴょうせい》にかかわる問題である。SF作家の山本弘も『トンデモノストラダムス本の世界』でこの間違いについて言及している。

『ノストラダムス戦慄の啓示』は幸福の科学により映画化されている。僕はこの映画の宣伝チラシにコメントをしている。

見たところデビット・リンチが頭打ったような混沌《こんとん》[*注]とした映像が延々と流れる宗教プロパガンダ映画だったので、「まいった！　これぞカルトだ！」といった意味のコメントをした。すると、〝カルト〟の部分に、――若者に圧倒的な支持を受ける文化――といったような注釈が付いて掲載されていた。

また、この映画のパンフレットで僕は、直木賞作家で幸福の科学信者の景山民夫と対談をしている。なんでだ？ そのころの僕はUFOのことばかり語るオカルトマニアだったので、幸福の科学の方々に〝こっち側の人〟と思われていたのであろう。

こんな機会は滅多になかろうからと、僕は景山さんに大川ダムスのミスについて思い切ってつっ込んでみた。

「大川ノストラダムスはなぜ自分の本のタイトルを間違ってるんですか？」

景山さんは少しも動じなかった。おだやかに「その間違いについては僕も知っています」と答えた。

「たしかに、大槻さんの言うとおり霊言の中のノストラダムスは、『百詩編』と言うべきタイトルを『諸世紀』と誤訳されたほうで呼んでますね」

おーっ！ それって霊言の矛盾自体を認めちゃったことなんじゃないの!? 自分の本の名を間違える霊言なんて、インチキってことじゃん。

僕は直木賞作家の意外な言葉に興奮した。

「じゃあ景山さんは霊言の矛盾を認めるんですか？」

「いえ、そうじゃありません、違うんです。あのね……ノストラダムスが誤訳でもいいって」

「へ？」

「あのね、ノストラダムスも『諸世紀』って題が誤訳だってことはもちろん知ってるのね、でも、日本で誤訳が浸透して一般化しているなら、いちいち『百詩編』って直すのも大変だから、もう『諸世紀』でいいですって」

だから、霊言の中で大川ノストラダムスはあえて〝諸世紀〟という言葉を使っているのだ。

景山さんはニッコリと笑って「どうですか？ 大槻さん」という顔をして見せた。

そんなアホな！ と言うべきか。さすが作家だ理屈が達者！ と言うべきか。信じている人に何を言っても無駄！ ってことなのだろうか。

景山さんは茶目っ気たっぷりの笑顔であった。僕はなんだか虚を衝かれてそれ以上からむ気が失《う》せてしまった。役者がちがいましたね。

でもまぁ、考えてみれば「上を向いて歩こう」だってアメリカじゃ「スキヤキ」と目茶苦茶なタイトルになっているが、坂本九が怒って「ちがう！ 上を向いて歩こうだっちゅーの！」とアメリカ人に説いて回ったって話も聞かない。ノストラダムスがあの世で「いーよいーよタイトルなんざどっちでも」と太っ腹なことを言っても不思議ではないかもなー？

景山さんは'98年に事故死。生前、幸福の科学関係の本をたくさん贈っていただいた。


（文中一部敬称略）

＊注「カルト」という言葉の意味合いが、「アブナイ宗教」というように定着したのは、これよりずっと後のオウム事件発生以後の話である。大槻としても、この頃においては、「いかにも宗教的」という意味で使っただけであり、けっして幸福の科学を、今でいうカルト教団として表現したわけではありません。

湾岸戦争なのにオッパイまん!?……'91年

＊90年8月2日未明、イラクはクウェートを自国領と主張し軍事侵攻を開始、クウェート全土制圧した。米軍54万人を中心とした28カ国の多国籍軍と戦争に。3月3日、停戦協定締結。両軍併せて死傷者は15万人ほどに。

'91年1月、多国籍軍がイラクを爆撃。湾岸戦争始まる。戦争である。なんてったって戦争なんである。しかも日本も少なからず関与している。イラクの暴君サダム・フセインを制裁すべく、多国籍軍が攻撃をしかけた。わが国も国連加盟国であるからして、もー関係ないではすまされないわけである。

当時20代半ばであったオレとしても、戦争という現実を自分なりに受けとめようとは試みた。でも平和ボケどっぷりのニッポンヤングとしては〝戦争〟はやっぱり〝センソー〟であって〝戦争〟などとはとても認識できるものではなかった。「CNN」が伝える戦場の映像をボーッと見るばかりなのであった。

開戦翌日は当時オレがやっていたラジオ番組「オールナイト・ニッポン」の生放送があった。打ち合わせで、「何か我々も戦争について語るべきではないか」という話になった。

「CNN見た？　センソーやってたねー」

「あー見た、やってたね。イラク対多国籍軍」

「ミサイルが夜空に光ってきれいだったね」

「現場は地獄なんだろうけど、こっちはラーメン食いながらでもテレビ見れちゃうからねぇ、センソーって言われてもねー」

「でもセンソーだからね」

センソーなんだから、オレらも番組の中で何かそれらしいことしようよという話になった。

「何かって何?」

「平和を訴えるとか」

「十分に平和じゃん」

「でもセンソーだからさ」

「センソーだしね」

具体案の出ぬまま生放送開始時間になった。

テーマ曲「ビター・スウィート・サンバ」が流れ、まずはフリートークである。このころ、番組ではオレが即興で唄《うた》う「オッパイまんの歌」が盛り上がっていた。巨乳に対する欲望をバカ丸出しに唄いまくってこんな詞だった。

「♪右に巨乳の人あらば行ってフルフル揉《も》んでやり～左に垂れた乳あればオッパイマスクを当てがうぜ～ああ　俺はいい人……」

ここで一呼吸おいてから力一杯叫ぶのだ。

「♪おおっぱいめぇぇえん！」

戦地では若い命が散っているというのに、何がオッパイまんだと言うのだ。それでもスタジオはバカ受けだ。そのまま一旦CMへ。

「オーケンいいよオッパイまん！　大受け」

「アハハ、あ、でもセンソーの話忘れた」

「次のコーナーでやればいいじゃない」

ディレクターがそう言ったところで、次のコーナーは〝リチャードと遊ぼう〟なのであった。

ピアニストのリチャード・クレイダーマンがスタジオに遊びに来ているという設定（当たり前だが大ウソ）で、オレがリチャードの奇行をラジオを通して中継するという、バカ丸出しコーナー。こんなだ。

「やありチャード……今宵も真っ白なスーツで登場かい。ワイン？　赤を頼むよ……今夜は何を弾いてくれるんだい？　ショパンか。いいね。おっ⁉　リチャードどうしたんだいきなりベルトをはずして……ああリチャード、やめろ！　ポ○チンを鍵盤《けんばん》の上に置いちゃ駄目だっ。ああリチャードよして、ポ○チンでショパンを弾くのは。しかもうまいじゃないかリチャード。ああリチャードやめて！　ポ○チンでショパンを弾きながらしかもこっちをむいて森進一の顔マネをするのは！　『おふくろさん』を唄うなんてあんまりだっ。

いやあありチャード！　その挙げ句に鼻に割《わ》り箸《ばし》をつっこまないでーっ！」

そしてまた一旦CM。

「オーケン最高。リチャードもーバカ受け」

「アハハ、あ、またセンソー忘れちゃった」

「次でやろうよ、次のコーナーで」

だが、次のコーナーは〝兄貴テレホン〟であった。

野郎リスナーが電話で大槻を〝兄貴〟と呼び、応《こた》えて大槻が野郎を〝さぶ〟と電話で呼び合う、ただそれだけのシンプルバカ丸出しコーナー。

「兄貴っ。兄貴っ。薄毛の兄貴いいっ〜」

「さぶっ。さぶっ。剛毛のさぶぅぅぅっ」

一旦、CM。

「オーケン超受け」

「センソー忘れた」

「次でやろう」

「次のコーナー何？」

「『オッパイまんの歌』CD化作戦」

だめだこりゃ。

結局センソーの話などひとつもしなかった。

放送終了後の午前3時。スタッフのみんなと西麻布《にしあざぶ》あたりの飲み屋にくり出した。和風の居酒屋でつくねをハグハグ食べながら「オッパイまんの歌」のCD化について語り合う。酒と睡眠不足が重なって妙なテンション。ゲハゲハとみんな笑っている。店内の、音声を消したテレビでは「CNN」が伝える湾岸戦争の映像が流れている。ミサイルが花火のように美しい。と、店内にジョン・レノンの「イマジン」が流れ始めた。

——国など、本当はないんだと想像してごらん——

ジョン・レノンに共感し、だけど戦争が実感できず、結局は飲み屋でつくねを食べている。

日本人が関係した湾岸戦争の最中、日本人の大半はそんなふうにすごし、そうして約1カ月後、気がついたらいつの間にかブッシュ大統領が湾岸戦争勝利宣言を発表していたのだ。

p.s.

ボクは「オールナイト・ニッポン」を2度やっている。1度は半年でクビになった。直後にバンドブームが起こり、「バンド者でバカ言うやついねーか？　あ、大槻だ」ということで呼び戻されたのだ。「オッパイまんの歌」は2度目での人気コーナー。確か自主制作で数百枚だけCDプレスしたはずだ。誰か持っていませんか？　'90年代最大の奇盤。

ところで湾岸戦争。軍隊を持たない日本人は参加（って言っていいのか？）方法に困ったもんです。ツアー先で訪れた小さなバーで飲んでいたところ、ギターを持ったお兄さんが入ってくるなり、「フセイン嫌だ嫌だブルース」というオリジナル曲を唄い出したことがありビックリした。店のママいわく、彼は〝町一番のブルースメェン〟なのだそうな。町一番のブルースメェンも、日本人のひとりとして戦争について何かせねばと彼なりに考えたのだろう。その挙げ句が「フセイン嫌だ嫌だブルース」だったわけで……まったく日本人の多くにとって湾岸戦争はブラウン管の中の出来事でした。

バンドブーム興亡史……'91年

'91年、空前のバンドブーム起こる。

バンドブームのこととなるとオレは戦中派のジーさんよりも話が長くなる。'90年代に起こったムーブメントの中で唯一当事者だった出来事なのだから仕方がない。それ以上に20代、青春の最中の事件だったのだ。長くもなる。とても短いスペースで書ききれるものではないので、バンドブームの基礎的なことだけを書こう。

そもそもバンドブームの源流をたどると'80年代の新宿にたどりつく。

S—KEN、リザードといったアングラパンクバンドが集まる「LOFT」という店が西口方面にあり、彼らの中から自費でレコードやソノシートを制作する者が現われ始めた。〝自主制作レコード〟という運動は中央線を中心にアングラロック界に広まり、暗黒大陸じゃがたらの『南蛮渡来』やスターリンの『電動コケシ』などの名盤が誕生する。

といっても、このころは本当に小さな現象であり、売れても数百枚ぐらいの世界だったのではないかと記憶する。

'80年代中ごろになって雑誌「宝島」「フールズメイト」「DOLL」などのバックアップを得た自主制作レコードは規模を大幅に拡大する。YBO^{2}の北村昌士が主宰した「トランスレコード」、そして有頂天のケラが始めた「ナゴムレコード」など、人気自主制作レコードレーベルも登場。

ホールでライブを行なうバンドも現われる。するとどこからともなく「あのさー、自主制作って言葉だせーからやめねー」との声多発。代わって〝インディーズ〟という言葉が定着するのだが、今にしてみりゃどっちでも十分ださいなー。

このころNHKで放送されたジャパニーズパンクのドキュメント番組「インディーズの逆襲」では、冒頭からなんとインドの地図がドーン！　と登場。そこからインディーズの説明が始まった。

おいそれ同じインディーズでも全然意味が違うだろう！

どういう主旨の演出だったのか今だに意味不明だが、ともかくNHKを動かすまでにシーンは大きくなっていたのだ。メジャーの資本が目をつけないわけがない。

'80年代後半、ラフィン・ノーズ、有頂天、そしてウィラードの3バンドがメジャーのレコード会社よりデビュー。マスコミはこぞって3バンドをこんなふうに紹介した。

「登場！　インディーズ御三家！」

誰が秀樹で誰が五郎で誰が郷ひろみだというのだろうか？　NHKを動かした、ついにメジャー進出だ、といっても、一般のロックに対する認知度はまだまだこんなものであった。

インディーズ御三家は期待されたほどのセールスは上げられなかった。

それでも門は開いたのだ。'80年代までは、ロックバンドがデビューを果たすなど、水野晴郎が『アルマゲドン』の続編を監督するより可能性の少ない、奇跡的な出来事だったのである。御三家の活躍は奴隷解放以上の偉業といえる。

'88〜'90年にかけて続々インディーズバンドがメジャーデビューするようになった。さらに原宿歩行者天国で自主的にライブを行なっていたバンドも次々にメジャー進出。加えて'89年に放送の始まった番組「平成名物TV　イカすバンド天国」が大ヒット。ここからも大量のバンドが登場。時はバブル好景気のど真ん中。毎日がお祭り騒ぎの世の中は、ロックバンドが御輿《みこし》に打ってつけと判断したのだろう。

あるパンクバンドのデビューイベントでは、ズラリと並んだ業界の大人たちが見守る中で、メンバーがギターを振りかざして樽酒《たるざけ》の蓋《ふた》を割った。ワッと手を叩《たた》く背広姿の大人たち。まだ少年の面影を残すパンクスも枡《ます》を手に取り乾杯。再びヤンヤの拍手……。御輿にしろお囃子《はやし》にしろ、バンドブームがバブルから発生した時代のアダ花であったことは確かだ。

バブルがはじけると同時に、バンドブームも嘘のようにピタリと終わった。

あれから10年近い歳月が流れた。現在'99年。

インディーズから登場したブルーハーツは解散。Xはギタリストのhideが不慮の死を遂げ、ボーカルのTOSHIは洗脳疑惑でマスコミを騒がせた。歩行者天国出身のJUN SKY WALKER(S)も解散。THE BOOMは、独自のスタンスで今も音楽界の主流にいる。イカ天をきっかけに世に出たブランキー・ジェット・シティはデビュー10年にして大ブレイク。レコード大賞最優秀ロック新人賞も受賞した、たま、は、マイペースで活動している。マサ子さんのキーボーディストは病死。リモートの池田貴族もガンで他界した。ボ・ガンボスのボーカリストどんと、は沖縄に移住。アンジーは再結成。行方不明者は数知れず。オレは筋肉少女帯を脱退した。

（文中敬称略）

p.s.

ロック雑誌「ON STAGE」の'92年5月休刊号に'89年から毎月計40回分の読者人気投票総合集計が掲載されている。ベストグループの順位はこうだ。

1、BUCK-TICK 2、JUN SKY WALKER (S) 3、X 4、UNICORN 5、AURA 6、筋肉少女帯 7、THE STREET SLIDERS 8、LÄ-PPISCH 9、ZIGGY 10、BY - SEXUAL 11、かまいたち

おー、〃バクチク〃が1位とは意外だ。がんばったじゃないか筋肉少女帯。ストリートスライダーズが7位ってのは渋いな。いろいろ感想はあるが、これ見てシミジミした人は、もーオジさんオバさんだ！

ところで'99年8月16日号の「オリコン」に、歴代アルバム売上ベスト100が掲載されている。ふむふむブルーハーツは何位だ？　ジュンスカはどうだ？　と見たところ、やっと100位にhideのソロが入っているだけでバンドブーム全滅なのであった。ありゃりゃりゃこんなもん？　青春って主

観なんだなー。

p.s.

２０００年冬、どんと氏は病気により他界した。
大槻は「特撮」のボーカリストとして活動中。

エマーソン、レイク&パーマー恐怖の再結成……'92年

'70年代に〝プログレ〟という音楽ジャンルが存在した。正確にはプログレッシブロックという。ロックにクラシックやフリージャズの要素を取り入れたその重厚壮大にして幻想的な世界観は一時代を確かにリードしていた。特にピンク・フロイド、イエス、キング・クリムゾン、そしてエマーソン、レイク&パーマー(EL&P)の4大バンドはプログレ四天王と呼ばれ世界中の若者から熱い支持を受けた。

ところが'80年代に入るや状況は一変した。パンク、テクノといったシンプルなロックが時代の主流となったのだ。プログレの重さは単純に無駄と解釈されるようになり、「何もそんな大げさにせんでもええやん」というそれを言っちゃーおしまいよ的つっ込みを一身に受けて人気は急速に落ちていった。

'90年代に入ると、プログレは完全に化石化し人々の記憶から消え去った。現在のロック少年にプログレの栄華を説明することは武田久美子の清純派時代を説明するより困難を極めるだろう。

そんな厳しい'90年代に、あえて再結成を試みたプログレバンドがあった。キーボードのキース・エマーソン、ベースはグレッグ・レイク、そしてドラムにカール・パーマー。3人そろってエマーソン、レイク&パーマー14年ぶりの再結成である。

’92年、アルバム『ブラック・ムーン』を発表したEL&Pの来日公演に僕は駆けつけた。そして思った。

「ダメだこりゃ！」

それはまさにドリフ大爆笑の世界。「もしも、’70年代のロックヒーローが時代の流れをまったく知らずに再結成してしまったら」というifそのものをEL&Pはやっていたのだ。

全盛期と何ひとつ変わらぬ重厚壮大にして幻想的なステージングは、アナクロなどという概念をはるかに超え、もはやシュールだった。たとえるならニューゲーム機種の最新ゲームを開けて見たら『平安京エイリアン』だった！ぐらいの時代錯誤ショックである。あまりの浦島太郎ぶりに僕はうれしくなって「アホだな〜」と笑ってしまった。

いや、この人たち本当にアホなのだ。

’80年代後半に彼らのおこした〝P事件〟を振り返ればそれは一目瞭然《りょうぜん》だ。

’79年に解散したEL&Pは’80年代にも1度再結成している。

ところがこれが、「EL&P再結成ではあるがエマーソン、レイク&パーマーの再結成ではない」という、まるで「私は大川隆法であって大川隆法ではない！」発言のごとき「？？」なものであったのだ。

ドラムのカール・パーマーが加入を拒否したのだ。メンバーの頭文字をバンド名にした手前、ひとりでも欠けてはバンド名が成りたたない。

困ったエマーソンとレイクは一計を案じた。

「そうだ！〝P〟のイニシャルのドラマーをかわりに入れたらいいじゃん！」

EとLのこの発明は相対性理論の発見よりも凄《すご》い。天才かアンポンタンにしか思いつかぬ名案だ。

そしてEとLは本当にイニシャルPのドラマーにバンド加入を依頼したのだ。また世界にはアホなPもいたもので、コージー・パウエルというドラマーが参加して'86年、見事（なのか？）ここにエマーソン、レイク＆パウエルが新結成され、マスコミはこれを「EL＆P再結成」と報じた（？？？）。

さすがにこんなインチキが長く続くはずもなく、EL＆パウエルはすぐに解散。

あまりに間抜けなP事件は、ミュージシャンたちの、打ち上げや楽屋でのバカ話として、'90年代日本ロック界でいく度となく使いまわされることとなる。

たとえば元〝すかんち〟のドラマーの名は〝小畑ポンプ〟。イニシャルPだ。すかんち解散直前、日本ロック界では〝エマーソン、レイク＆ポンプ〟の結成がまことしやかに噂された。

「そうや、わし今エマーソンにさそわれて迷ってるとこやねん」とポンプ氏。本人がまた冗談好きなものだから本当に信じてしまうバンドマンも結構いて困ったもんだ。

日本屈指の名ドラマー〝村上ポンタ秀一〟も当然P事件に巻き込まれた。

「エマーソン、レイク＆ポンタはフュージョン色が強いそうだ」と、通好みな噂が飛んだ。

Pさえつけばいいならドラム叩《たた》けんでもいいじゃないかと核心をつくものもあった。

「EL&ペギー葉山でどうだ？」

「EL&ポール・モーリアも渋かろう」

空想は尽きない。

エマーソン、レイク&ポール牧

エマーソン、レイク&パンチョ猪狩

エマーソン、レイク&ピンキーとキラーズ

エマーソン、レイク&ペニシリン

エマーソン、レイク&ピーター・バラカン

エマーソン、レイク&パパラッチ

エマーソン、レイク&ピーポくん

エマーソン、レイク&ピーター・アーツ

エマーソン、レイク&パーマン

エマーソン、レイク&ペー（林家）

エマーソン、レイク&プー（くまの）

エマーソン、レイク&パンチ佐藤

組み合わせは無限だ。主にファーストネームで選んでしまったが、まぁPがつきゃいーだろう。

個人的には〝エマーソン、レイク＆ぴんから兄弟〟を結成してロックに演歌のテイストを加えてほしいとこだがどうだろうＥとＬよ？

２０００年代のイニシャルＰに期待大だ。


（文中敬称略）

p.s.

エマーソン、レイク＆パーマーは'90年代に2枚のスタジオ盤を発表している。『ブラックムーン』（'92）と『イン・ザ・ホット・シート』（'94）だ。ズバリ言って2枚とも評価はあまり高くない。個人的にも「う〜ん……」といったところだ。嫌いではないが。

ＥＬ＆Ｐ以外のプログレ四天王はと言えば、ピンク・フロイドはライブやりゃあ10万人ぐらいは軽く集めるビッググループとして現在も活躍中。

イエスは人数が増えたり減ったりしながらまだやっとる。3年前の日本公演を観にいったら、昔は男前だったベーシストがスタン・ハンセンのように太っていてあせった。

'90年代のキング・クリムゾンは『ブルーム』『スラック』とハードなアルバムを発売。評価は高い。東京タワーのろう人形館にはクリムゾンのリーダーであるロバート・フィリップのろう人形が展示されているので、暇人は見に行くのも一興であろう。

〝Ｐ事件〟の主役、ドラマーのコージー・パウエルは'98年交通事故で亡くなった。

謎本ブーム、最低の1冊はこれだ……'92年

'92年に発売された『磯野家の謎』は、『サザエさん』を分析して大ベストセラーとなり、その後の謎本ブームの草分けとなった、漫画やドラマに関して、細部にこだわりうがった分析を試みる謎本は、今日ではひとつのジャンルとして確立している。

謎本のパイオニアは『磯野家の謎』であるが、ルーツをさらにたどれば寺山修司が見えてくる。

寺山は'60年代に著書『家出のすすめ』('63刊行時のタイトルは『現代の青春論』)の中で、すでに磯野家の分析を試みている。サザエさんとマスオさんの性生活を論じたエッセイは、約30年経った今日でも充分に通用するおもしろさだ。

果たして『磯野家の謎』が『家出のすすめ』に影響を受けたかどうかはわからないものの、ルーツとパイオニアがともに『サザエさん』を題材としているのが興味深い。

『磯野家の謎』の大ヒットに便乗して、雨後の竹の子のごとく謎本が次々と発売された。『ドラえもん』から『セーラームーン』まで、ありとあらゆるネタが分析の対象となり、当然のごとく市場はうさん臭くなっていく。

'95年には『高校教師の謎』なんて明らかに一過性の謎本まで登場。「高校教師」とは森田童子のテーマ曲とともに一時期ブームとなったテレビドラマだけど憶《おぼ》えている人います

か？

ブームのすべてがそうであるように、謎本ブームもまた数多くのパチモンを世に送り出した。謎本ブームが生んだ究極のトホホ本はまかり間違いなくこの1冊であろう。上の写真を見てほしい。

『大槻ケンヂの謎』。

ちゅど～ん！

誰が書いたそんな本。と見ればこうある。

〝オーケンを勝手に好きになっちゃった会　編著〟

ちゅど～ん!!

俺が謝ることもないがなんだか本当に地に伏して謝りたい気分である。ブームというのは脱力グッズを生み出す磁場でありこの本もその領域から発生したのだ。森園みるく先生描くところの表紙からしてものすごいグルーヴ感である。帯には〝オーケンの謎と魅力を徹底分析、解剖した！〟とあるが真っ赤なウソである。本書はそんなもんではすまされない脱力なバイブレーションを持っている。

大槻ケンヂから話が大幅にズレ、全編が、まるで実験小説のような内容となっているのだ。「オーケンを～」会員同士の会話と、さまざまな人々からの寄稿文とで構成されている本書。会話、寄稿文、どちらをとっても、オーケンの謎と魅力の分析からは100万光年遠い位置にある。

たとえば〝大槻ケンヂの進化論的批判〟の項目、全文はこうだ。

「ウキー、モキキウキキキキー。ウホウホ。モキウキキキキー、モキキ。ウキ、モキ、モキキウキキ、キキキーッキキ。ウキキ、モキ、ウッホホ。キッキキッキ。ウッキー!」

本当にこれだけなのだよ!

しかも、東大医学部卒で、現在は日光江戸村で活躍中のニホンザル、タローからの〝特別寄稿文〟なのだそうだ。な、なんだこれは⁉

また、〝大槻ケンヂはカレーを極めたか?〟という項目はただ1行「びっくりョ!」とあるだけだ、これにはこっちがびっくりョ! である。まずそれ答えになってないし。西ベンガル地方のマハラジャ、ムスターファ・G・スタルマ氏よりのこれも〝特別寄稿〟とある。猿よりはマシか。

さらに〝宇宙人・大槻ケンヂを語る〟の項目に至っては1ページ真っ白で、左下に1行「(テレパシーにてお伝えいたしました)」とのお断わりがある。ビックリハウスのエンピツ賞を読むような落ちだ。ハストレル星人ウンパ・ログ・マカマグニーノよりの例によって〝特別寄稿〟だそうだ。

まったく、やる気あるんだろうかと読んでいて心配になってくる。会話編では会員同士がエンエンとこの本に対するグチをのべていて容赦が無いのがスゴイ。

『ファンじゃない人がこの本、買うかしら?』
『ファンでも買わなーい』

買わなーいって……まがりなりにも会員が書くなよ! しかもまだ18ページ目だぞ。

『こんな本読ませられちゃ日本語だっておかしくなるわよ』

ってオイ、なんてこと言うの。

おそらく、会などは実在せず、本書の著者は実際にはひとりであろう。文章から察するに、当時30代前半の男性と思われる。彼は、大槻を良くは思っているがファンというほどではない。本を数冊と筋肉少女帯のCDを1枚持っているくらいだ。

大槻ケンヂをテーマにした謎本執筆を依頼され、さて何を書いたものかと困った。そういえば大槻ケンヂは夢野久作の『ドグラ・マグラ』が好きだとか言ってたよなぁ。そうだ、あんな奇妙なテイストの本にしてみよう。普通の謎本書いても仕事としておもしろくないもんな、時間もないし、版権の問題で詞や曲の引用も使えないし……と考え、いざ書き出したら、つい筆が走り、〝試み〟のほうが先に立ち、〝大槻ケンヂ〟というテーマはどっかへ行ってしまい、そして謎本の体裁をした世にも奇妙な実験小説がこの世に生まれてしまった。

というのが『大槻ケンヂの謎』の謎、の真相ではあるまいか？

謎本としてはカックン！であるが、謎本のふりをした実験小説としては奇妙な存在となっている。フェチすぎてまるで抜けないＡＶに似たテイストか。企画本では本来出るはずのない著者の顔が文中に見えているのだ。

などと、それなりにフォローを試みたところでもう一度読み返してみたら、こんな1行が会話編の中にあって実に力が抜けました私は。

『こんな本フォローすることないわよ。バイト料もらったって』

……あんまりである。

p.s.

『大槻ケンヂの謎』を書いた方、機会あればぜひ裏話を聞かせてくださいね。

謎本はさまざまな人が書いているようで、大川豊総裁の本を読んでいたら、『サザエさんの秘密』『クレヨンしんちゃんの秘密』などの謎本の著者は、〝ゆうむはじめ〟である、と書いてあって驚いた。

ゆうむはじめ氏と言えば、宜保《ぎぼ》愛子の霊能力を実に独創的に解釈した人物として大槻的には有名なのであった。

いわく、霊能力者には左目に障害がある人が多い。宜保愛子もそのひとり。片目が悪いと見えない視界にやがて幻影を見ることがあり、それが左目の場合、人間の情報を視覚で捉《とら》えることもある。霊能者は視覚的に見た他人の情報を〝霊〟と思い込んでいる人々なのだ。なぜ左目かと言えば、それは右脳と左脳の関係によるものなのだそうだ。

うーん。本当かどうかはわかりません。

ロス暴動！　黒人軍団対空手家……'92年

＊米ロスアンゼルス郡地裁陪審員が、スピード違反で逮捕した黒人男性に集団暴行を加えた白人警官4人に無罪の評決を下したことから黒人らが憤慨。暴動に発展。騒ぎは全米各地にまで拡大。死者58人。被害は7億ドル。

'92年4月29日、ロスアンゼルスで黒人の大暴動発生。

死者数十人、逮捕者数千人というから『バイオレンス・ジャック』並だ。もともとは人種差別に対する抗議から始まったこの暴動は、数日後には単なる暴徒の群れと化した。ドサクサに紛れた不良黒人が商店に押し入り物品を略奪。「日本経済新聞」の記者はその様子を見出しでこう表わしている。

「『なんでもタダだ』悪びれぬ黒人男性」

なんだか楽しそうじゃないかそれ。わーいなんでもタダだー！　ジャングル黒べえじゃないんだからもう少しシリアスな書きようはなかったのだろうか。

暴動は数日続いた。ロス在住の日本人にそれほどの被害はなかったそうだが、無茶苦茶おびえたのではないかと思う。

だって黒人さんの迫力ってスゴイんだもの。

最近「ここがヘンだよ日本人」という番組に何回かゲスト出演した。世界各国から100人ほどの代表が集い、ディベートするバラエティーだ。外国人たちは収録前から熱くなっていてコワい。本番収録中もたまにマジ切れの一瞬があってビビる。

「インド人は飛行機のトイレの壁にウンコをなすりつけて困る」

と無茶苦茶なことを言われてもゲラゲラ笑っていたインドの兄ちゃんも、話がカースト制度の問題に触れた途端に激怒！　サーベルこそ出さなかったものの、タイガー・ジェット・シンばりに怒り出していやコワかった。

ほかにも差別や宗教の話が出ると、クワー！　と顔色が変わり激怒する外国人が多数。切れた者勝ちで、ほかの外国人たちはたいがい、激怒している側に賛同してウンウンとうなずくのだ。

ところが先日、アメリカ人の銃所持問題についてコロンビア人が「銃を野放しにするアメリカはおかしい」と激怒したところ、アメリカ人のみならず全世界の人々から「銃のことでコロンビア人にだけは言われたくないよ！」と逆に激怒されていてアレには笑った。

激怒する外国人たちの中でも人種差別問題に対して怒ったときの黒人さんはやっぱりズバ抜けた迫力がある（というか、どんな問題でも人種差別に結びつけて勝手に怒り出しちゃう傾向もあるんだけど……）。

あれだけのテンションを持った黒人たちが大量に暴れまわったロス暴動の恐怖たるや筆舌に尽くしがたいものがあったんじゃないかと思う。

「なんでもタダだ」

暴れまわった上にそんなヒョウキンなことを言われた日にはどうしたらよいのだろうか。

ロス黒人暴動に居合わせた日本人に会ったことがある。

「なんでもタダだ」

それを、身をもって体験したというわけか？

空手の先生で、ロスに道場を持っていた。

道場にも暴徒の群れは、ンゴー！ と襲ってきたのだそうだ。近所にある韓国人経営者の商店はもう襲撃を受けていたというから、すでに暴動は人種差別から「なんでもタダだ」に移行していたところだったのであろう。

「なんでもタダだ」がンゴー！ と道場へ向かってくる。およそ並の心臓の人間なら「何でもあげちゃう！」と往年のお色気マンガのようなことを言って逃げ出すところだ。しかしそこは空手マスター。一歩も引かぬどころか、逆に、

「空手着一丁で、道場の前に仁王立ちして待ち構えた」

のだそうだ。さらに、

「手には、ヌンチャクを持った」

というからドラゴンだ。

ドラゴン対黒人暴動軍！ なんかTSUTAYAの隅に置いてあるB級映画みたい。

ンゴゴゴー！ と迫り来る黒人軍団。ンジジジジ！ と空手家の眼光がロスの青い空の

下で燃える。ヌンチャクがヒュンヒュンと回る。ンゴゴゴー！　ンジジジ！　ヒュンヒュン！　本当にTSUTAYAにありそうだねこれ。暴徒はもうすぐそこ。さしもの空手マスターも冷や汗タラリ。ンゴゴゴー！　ンゴゴゴー！　がピタリと止まった。

と、ついに出るか、「何でもタダだ」⁉

ところが意外にも、黒人軍団のリーダーと思われる男が言った。

「ミータチハ、ユーニハ何ノ恨ミモ無イデース」

ニッコリ笑って、軍団は道場とは別の方向へまたンゴゴゴー！　と走り去っていったのだそうな。

「さすがに、空手着でヌンチャク持ったやつと争っても、メリットないなーと思ったんじゃないかな」

と空手マスターは当時を振り返りアハハと笑った。

そうだろうか？　いやむしろ徒手空拳《くうけん》で自分のプライドを死守しようとした東洋人に対し、黒人暴徒は一瞬、シンパシーを感じたのだと僕は思うのだ。

暴動は5日後には鎮静化した。

ところで、〝ここヘン〟において、今まででいちばん怒った人は、僕の見た中では元サッカー選手のラモスであった。パチンコがテーマのとき、どこかの国の人が「日本人ハ、パチンコデ、球遊ビシマース、ラモスサンハ、サッカーデ、球遊ビ」と発言したところラモスさん、いや怒った怒ったも〜怒った。当たり前である。

尾崎豊死す、その時オレは……'92年

'92年、尾崎豊死す。

まだ26歳の若さであった。彼のみならず、'90年代中に亡くなったロックミュージシャンのなんと数多いことよ。

成田弥宇（リビドー）、江戸アケミ、渡邊正巳、篠田昌已（JAGATARA）、中川勝彦、マサミ（グール）、サブリナ（マサ子さん）、谷信雄（ロッカーズ）、ランコ（コンチネンタルキッズ）、hide（X JAPAN）、シンタロウ（スターリン）、トッツアン（S・O・B）、福原睦（SUPER JUNKEY MONKEY）、青木達之、杉村英詩（東京スカパラダイスオーケストラ）、佐藤伸治（フィッシュマンズ）、kami（MALICE MIZER）、諸田コウ（DOOM）、池田貴族（リモート）。

そんなにいるのかっ!?

病気、自殺、事故と死因はさまざまなれど、いずれにせよ皆さんまだまだ若い。人生これからの方々ばかりだ。

海外でもニルヴァーナのカート・コバーンなど、相当数のロックミュージシャンが'90年代中に若くして命つきた。

セックス・ドラッグ・ロックンロールの'70年代ならいざしらず、来日したロッカーがホ

テルの周りを早朝ジョギングするヘルシー指向の'90年代に、なんでこんなに死んじゃうのであろうか？

そもそもロックという仕事自体が死に近いのであろうか？

そうなんだろうと思う。

「命を削って」というアレだ。

すべての創作活動がそうであるように、中でもロックは、その存在の基本コンセプトからして命を削る仕事なのだ。他人の心を動かせば動かすほど、自分の心は死に近づく。

だから結局、命を削ってがんばった人から死んでいく。

と、するなら、オレはどうなのよ？

まだ'90年代はあとちょっとあるけれど、どーも死にそうな気配はない。腰痛持ちなだけだ。お気楽な日々を送っている。生き延びちゃった、って感じ。

命を、削っていなかったのか？　オレは。

ズバリそうだったんじゃないか、と'90年代を振り返って今、ミもフタもなくオレは思うのだ。

尾崎豊の死を知ったのはレコード会社の会議室だった。バンドの新曲シングルを決定しようとミーティングを行なっていたところだ。

バンドとスタッフが会議室のテーブルにズラリと並び、メンバーの持ち寄った新曲を1曲ずつ聞いていく。皆一様に苦虫を噛《か》みつぶした表情。曲の出来によっては大手企業とのタイアップが決まるかもしれない要《かなめ》の状況であったのだ。クライアント様のお気に召す曲をっ！

メンバーのAが自分の曲をかけた。ポップス調だ。悪くはない。

「だが、パンチに欠ける」

平凡パンチ！　ということか。ディレクターの厳しいひと言により没決定。残る3人のメンバーも自作をプレゼンに掛けたがことごとくバンザイなしよ、であった。

重苦しい沈黙が会議室を包んだ。クライアント様っ！

残るはオレだ。オレは、弱った。困った。あせった。

なぜなら毎日ボーッとしていて曲なんざ1曲も作っちゃいなかったのである。

「クライアント様になんと……次！　最後だぞ大槻！」

ディレクターの血走った視線がオレにズビズバと飛んだ。オレは覚悟を決め、立ち上がった。

「オレにはテープはありません。オレの唄《うた》はオレの心の中だけにあるのです」

いきなりセミナー系なことを言い出したものだから一同ギョッ！　とした。その一瞬を逃さずオレは言った。

「みなさん！　目を閉じてイメージしてください」

言われて一斉に目を閉じたのだからこの場の誰ひとりとして命を削っちゃいなかった。

「荒野をイメージしてください……荒野です。少年が……馬に乗った少年がマーチに乗って荒野の果てからやって来ます。マーチ、そう、この曲はマーチなのです！　少年の背にはギター！　そうこの曲はギターサウンド！　少年の行く手に大きなサボテンだっ！　危ない！　その瞬間、馬はポーンと空高く飛び上がった。ここで大サビ！　キャッチーなメロディー！　メロディーは皆さんの頭に浮かんだ、そう！　そのメロディーだっ！　それそれそのメロディー！　どうだいホレホレ、最高にイカした曲だろう⁉」

するとディレクター氏、静かに目を開けキッパリとこう言った。

「いい曲だ！　その曲で行こう！」

大塚製薬のCMソングになった「サボテンとバントライン」という筋肉少女帯の曲は、本当に、こうやって曲などまるでないのに、オレのハッタリによってシングル化が決定してしまったのだ。ほとんどサギである。原野商法のようなものだ。オレもオレだが、ＯＫを出したディレクターやメンバーもなんだかな。

あの時のことを思い返し、つくづく今思うのだ。

そりゃー若死にしないわけだよ。オレ。削ってねーもん。命。

曲決めミーティングの前後に、会議室でテレビを見ていて尾崎豊の死を知った。

オレとディレクターはア然としながら、「彼も、真剣にロックを追求し過ぎたんだな」と、うなずきあった。

「お前らだけには言われたくないよ〜」

と尾崎さんがふたりの会話を聞いたなら激怒したことであろう。

でもさ、生きてこそ……だよね。

（文中敬称略）

インターネット商用サービス始まる……'93年

'93年、日本ではじめての商用インターネットサービスが開始。

〃こち亀〃こと『こちら葛飾《かつしか》区亀有《かめあり》公園前派出所』の100巻第1話はインターネットの入門マンガになっている。ネットやホームページとは何かを両さんがわかりやすく解説してくれるのだ。

それによるとネットとは世界を網羅する地下鉄なのであり、ホームページとは地下鉄駅に自由に張り出してよい看板なのだ、とのこと。

やくみつるのパソコン入門本でさえ理解できなかったパソコン無知の僕にも、両さんの説明はよくわかった。さすがは〃こち亀〃である。

先日SF作家クラブの会合へ行ったところ、両さんよりも端的にホームページとは何かを説明する人があった。

SFなどろくに知らないのに僕はなぜかSF作家クラブの会員なのである。と言っても幽霊会員なのだけど。ある日高千穂遙《はるか》先生から「あなた会費4年払ってませんよ。それと一度会合に来てください」と電話が家に来て、ヒエ〜! と出かけた。会場には、僕が中高時代に読んだSF小説の作家がズラリと並んでいて焦った。隣の席には登山部の女子部員みたいな感じの女性がいた。よく見たら新井素子先生であった。途中で気のいい小柄なオッちゃんが乱入してきた。よく見れば小松左京大先生であった。「ゲッ！　本物！」って感じ。錚々《そうそう》たるメンバーが集まったこの日の議題のひとつは「皆さんもっとクラブのホームページに参加しましょう」なのであった。SF作家なんだからパソコンのひとつも頭にくっついていそうなもんだが、意外にもホームページってどんなもんなんですか？なんて作家の人もいて、パソコンをやる派がやらない派にレクチャーを始める展開となった。そのときのある作家の説明によると、ホームページとはつまり……、

「つまりホームページとは、『学級新聞』のことです」

さすがはSF作家といわざるを得ない。地球の情報システムを大きく変えたインターネットを〝学級新聞〟とは一刀両断だ。『2001年宇宙の旅』を「つまり木星が爆発する話です」と言うようなもんか？　違うか。

ところで'99年、たかだか〝学級新聞〟に人生を大きく左右されるような出来事が僕に振りかかった。

パソコン無知と言いながらわが家にはインターネットのできる機器がある。仕事先で会ったWebTVネットワークスの方に「WebTVのパンフレット1部送ってください よ」と頼んだら、数日後にWebTVを一式ドーンと送ってくださったのだ。いい会社だ！　早速友人につないでもらっていろんなサイトを覗いてみた。「芸能人のウワサ」というところを見たら、タモリの目の下の傷の原因は何か？　なんてことが書き込んであった。こりゃあぶない人も多いのだろうなーと妙な感心をしながら見ていた。

筋肉少女帯のホームページもあった。いろんな人が書き込みをしていて楽しかった。僕も代筆してもらって何度か書き込んだ。

'99年の春先、活動休止していた筋少が復活することになった。休止前とは異なるメンバーによる新生筋肉少女帯としてである。ロックバンドというのはバンド名と中心人物と代表曲、この三つのうちのふたつがあれば成り立つモノだと僕は考えている。ロックの歴史を紐解《ひもと》いてもこれは明らかな事実だ。だから前向きな気持ちでメンバーチェンジの旨をホームページの掲示板に書き込んだ。

するとすぐに、「賛同しかねる」というファンの反論が掲示板にズラリと並んだ。何度も言うように僕はパソコン無知である。当然、ネット世界における暗黙の了解とか、議論になったときの冷静な対応とか、一切まるでわからなかった。

ファンに同じ目線で文句を言われたことに対し、パニクってしまった。あわてて長文の釈明を代筆で書き込んだ。これが裏目に出た。

書き込みとは恐ろしいもので、意見を書けばそれは一瞬にして揚げ足とりのかっこうの対象になってしまう。書けば書くほどそのことごとくをチクチクとつっ込まれてドつぼにはまっていく。ファンどうしの書き合い(?)も始まりかけ、すっかりネット上はイヤ～な雰囲気である。

結局、パソコンに詳しい筋少メンバーが「大槻がいかにパソコンに疎くネット世界の暗黙の了解を知らないか」を書き込んでくれて、混乱を収拾してくれた。

ネット世界ではよくあるトラブルなのだろうけれど、僕は、これほどダイレクトにファンから不支持されたことに驚天動地と言っていいほどのショックを受けた。

「ならもーイーや！　オレやめる」

すっかり拗《す》ねちゃって、もちろんほかにも理由はあったのだけれど、僕はバンドを脱退することにした。われながら子供っぽいね本当に。

インターネットが原因のひとつとなってバンドをぬけることになるなんて夢にも思わなかった。僕がバンドを結成した'80年代にはまだ携帯電話すらなかった。

サイババブーム……'93年

雑誌を読んでいるとたまにギョッとする相談コーナーを発見する。回答者がとてつもなかったり回答がとんでもなかったりするのだ。

元横綱、北尾の人生相談「綱に聞け！」というのが男性誌の連載であった。親方の奥さんをどついたりして北尾が角界を追われたばかりのころである。そんな人に人生を聞いてどうするの？

もっとスゴイのは、ロス疑惑の渦中に、三浦和義に人生を尋ねる相談コーナーがかつて男性誌に実在した。アレはトンチが利きすぎていた。

下半身のない少年〝ケニーくん〟が読者の悩みに応える連載がかつて女性週刊誌にあったそうだ。タイトルがドーンとこう来た。

「ケニー君の身の上相談」

そ、そりゃーまーケニーくんだけに身の上での相談にはなろうが、驚くねどうも。

しかしケニー、北尾、三浦氏以上に問題なのは「大槻ケンヂの人生相談」であろう。

恐るべきことにオレは、'90年代中なんと7誌で人生相談コーナーを担当していたのだ。オレに悩みを打ち明けねばならぬほど人生はかくも不条理ということか。

「月刊空手道」という専門誌の相談コーナーを読んでいてギョッとしたこともある。

「武道家がよく口にする〝気〟というのは実在するんでしょうか?」といった内容の相談に回答者が応えていわく。

「インドのプッタパルティへ行き、(中略)サイババがビブーティ(神聖灰)を出すところを目撃しました。これは気による〝物質化現象〟です」

アマチュア空手選手が県大会の順位を確認したりする「月刊空手道」で、いきなりサイババ! ビブーティ! 気による物質化現象! と言い切っちゃうのはそれってアリなんだろうか? 回答者はそれなりに地位のある大学の先生で、講談社ブルーバックスで科学解説書を出版している方である。相談した読者は納得したのだろうか? 空手について尋ねてサイババの話を持ち出されたなら「押忍!」と十字を切るよりほかに術《すべ》がないよなー。

'93年、医学博士青山圭秀がサイババについて著した『理性のゆらぎ』がベストセラーとなり、サイババブームが起こった。

サティア・サイババは、インドの聖人シルディ・サイババが死んだ8年後に生まれたシルディの生まれ変わり。写真家の篠山紀信にとてもよく似たルックスをしているがもちろん激写はしない。その代わり数々の奇跡を起こすと言う。ビブーティと呼ばれる灰を手の先から大量に出したり、ほかにもいろいろなものを空中から超能力によって突然出現させる。

『理性のゆらぎ』によれば、それはお菓子やリンゴの実、ダイヤ、果てはセイコーの腕時計にまで及ぶという。一体そんなものをどっから持ってくるのだと尋ねたところ、サイババはこう応えたのだそうな。

「サイババ・デパートから持ってくるのだ」

そこローンもOKなら一度行ってみたいもんだ。

サイババ信奉者は学界や空手界にとどまらず、ついにはプロレス界にまで波及した。将軍KYワカマツというプロレスラーがいる。なんと彼はサイババ信者……いや、サイババそのものだと発言しているのである。彼と対談した時に、その衝撃の事実を知った。

「実際このサイババを信じてます」

何の話からそうなったのか、対談中ワカマツさんが突然、懐からサイババの写真を取り出したのだ。そして言った。

「サイババの手相は、オレの手相とおんなじ」

と驚いたところ彼は「ほれ、よく見て、ほれほれ」と写真を僕に近づけ、サイババの手相と自分の手相が同じであることを訴えたのだ。さらに、

「前世でサイババがプロレスやって、自分がサイババをやってたのかもしれない」

なんてことを言い出した。かもしれない。……で済む問題かそれ。

ちなみに'99年現在、ワカマツ氏はプロレス業の傍ら、北海道で議員として活躍中。飛び上がりますね。

サイババ関連のテレビ番組も数多く放映された。中でも壮絶だったのは霊能力者宜保愛子がサイババに会うためにインドへ行くという番組で、僕はスタジオゲストで出演した。

プッタパルティと東京を衛星で中継。スゲーことする。ところが結局、うまいこといかず、宜保愛子はサイババを遠目に目撃することしかできなかった。それじゃ番組にならんだろう、焦りまくる東京スタッフ。これどう収拾つけるのかなと見ていたところ、さすが宜保愛子である。はるか遠いインドで、テレビカメラに向かい、なんとサイババのものまねを始めたのである。

身ぶり手ぶりでサイババの一挙一動を形態模写。わ〜よく似てる！　そっくりだー！

それでもなんとなく番組1本まとまってしまったのだから、テレビってテレビだ。

サイババは'99年現在もプッタパルティでガンガン奇跡を起こしているそうだ。

（文中敬称略）

p.s.

ところで『理性のゆらぎ』の中に登場するセイコーの時計は、製造番号が６０００であることのほかは〝通常のものと特に変わらない〟ものであったそうな。

'90年代は超常現象について、ある派vsない派がテレビでよく激論を交わしたものです。

明治時代には、後に東洋大学を創始した井上円了が率先してオカルト叩《たた》きをしていた。円了先生絶対にこの手の話を信じず、あえて自分の学校を鬼門に造ったのだそうだ。

そしたら火事で学校燃えちゃった。それでも、「いや偶然」と断言したそうだ。信じない人は何があっても信じないし、信じる人は何も起こらなくても信じる。それがオカルト。

手塚治虫をパクった？　『ライオン・キング』日本公開……'94年

吉田秋生の『バナナフィッシュ』をリバー・フェニックス主演で映画化するという噂があったのだそうだ！　メール名〝赤いモモンガ〟よりの投稿情報である。なんとリバーの共演者として野村宏伸の名が候補にあがっていたというではないか。おいおい。もし経費削減でリバーが田原俊彦に変わっていたなら『バナナフィッシュ』が「教師びんびん物語」になってしまうではないか。

「いつのまにか立ち消えになったこの話ですが、（中略）吉田秋生さんも『アッシュを演じるのはリバー以外ありえない』と後に明言していることですし、やはり本決まりであったのでは？」

と赤いモモンガ。リバーと宏伸。'90年代のアラン・ドロン&三船敏郎といったところなのか。いや単にミス・キャストというやつだろう。

少女漫画で言えば、ペンネーム〝サンフラ〟からは「トム・クルーズの『インタビュー・ウィズ・ヴァンパイア』（'94年）は、萩尾望都《はぎおもと》の『ポーの一族』をパクった映画だ」との情報が届いた。確かに両作品ともホモで吸血鬼の映画。似てるっちゃ似てる。

日本漫画がハリウッドにパクられた、という噂話が、'90年代にずいぶんと多くオタク系の人の口から語られた。

たとえばティム・バートンの『マーズ・アタック！』（'96年）について、「アレは『超時空要塞《ようさい》マクロス』のパクリだ！」と激論する輩《やから》が僕の友人にいる。

「『マーズ・アタック！』の、唄声《うたごえ》がキーワードになって平和を取り戻すあの展開は、絶対マクロスをパクってるんだよ！」

主張して引かない彼は高校時代に飯島真理のおっかけをやっていたのだそうな。

木の影が人の顔に見える心霊写真のように、あの映画がこの漫画に似てる、などという台詞《せりふ》はいくらでも言うことができるものだ。

こういった〝日本漫画が外国映画にパクられたよ妄想〟は、一体何が原因で始まったのだろうか？

'66年、米国製SF映画『ミクロの決死圏』が日本で公開されたとき、映画を観た手塚治虫がポツンとつぶやいたという。

「この映画、ぼくの漫画のアイデアを盗みましたね」

手塚のあの一言こそが〝パクられたよ妄想〟の始まりであったのだと思う。

アイデア盗用が実際にあったのかどうかはさて置き、'60年代当時の日本漫画界で「外国映画にパクられた」などと言える立場にあったのは彼ぐらいだっただろう。

そして発言のインパクトたるやメガトン級であったに違いない。日本中の漫画家、漫画マニアたちは、手塚の「パクられたよ」発言に西洋コンプレックスと国粋主義をガーン！と刺激された。

「金はないけどアイデアは俺らの方が上、やつらは俺たちをパクってる！」

そして以降、手塚治虫の一言が与えた衝撃は〝パクられたよ妄想〟と化し、やがて都市伝説となって'90年代の日本上空を今もグルグルと飛び交っているのだ。

何やら平将門の亡霊のような扱いをしてしまったが、本当に手塚治虫という人間の影響力は大したものだ。

ところがである。'94年に公開されたディズニー・アニメ『ライオン・キング』を見た多くの日本人は「んァ〜！」とひっくり返った。この映画、手塚の代表作『ジャングル大帝』に、なんだかとってもよく似た映画であったのだ。〝パクられたよ妄想〟の発端である手塚の作品が、今回は明らかにディズニーにパクられたのである。妄想が現実になった。

すでに手塚は亡くなっていた。手塚プロは、ディズニーに影響を与えたのなら故人も本望と、あえて訴え出なかった。

しかし、数年後に『ジャングル大帝』を劇場アニメ化したあたり、本当は無茶苦茶に憤っていたのであろう。

'97年公開の『ジャングル大帝』には、僕も一瞬だけ声の出演をしている。製作発表記者会見にも出た。共に声を吹き込んだのは、林家木久蔵、車だん吉、東京スカパラダイスオーケストラ、そして泉谷しげるという全然よくわからんメンツであった。

リップサービスのつもりで「東京ディズニーランドで『ライオン・キング』と同時上映して、どっちがおもしろいかアンケートで決めろ！」と僕が記者会見で言ったら、居合わせた人々が全員サーッと引いた。あのときはあせった。

翌日新聞を見たところ、発言の内容はそのままなのに、発言者の名前が泉谷しげるに変わっていたのにはさらにビックリした。

「……と、泉谷が吠《ほ》えたっ！」ことになっていたのだ。

まー泉谷さんが言うぶんには角も立たなくてよいだろうけれど、僕はコメントをパクられたというわけだ。


（文中敬称略）

アイルトン・セナ死す！　その時、蝮は……'94年

＊94年5月1日、イタリアのイモラ・サーキットで行なわれたF1サンマリノグランプリ決勝で、アイルトン・セナ選手は7周目にコースわきの壁に激突。ヘリコプターでボローニャの病院に運ばれたが、頭蓋骨骨折で死亡した。

32歳にして自動車教習所通いを始めた。案の定大変な思いをしている。もう3カ月も経つのにまだ第1段階だ。とにかく学科授業の退屈さにはめげる。教科書の間に文庫本を挟み、盗み読みして暇つぶし。高校時代にもどったようだ。それも小説版『スタートレック』なのだから読書傾向も17歳だ。

小説版スタートレックのあとがきではミスター・スポック役のレナード・ニモイに訳者がインタビューを試みている。

「二代目スポックには、思いきって日本人俳優をあてたらいかがです？」

と訳者、無茶苦茶勝手な提案をしている。

「なるほど、だれかいい人いますか？」

もちろん社交辞令であろう、まじめに受け応《こた》えたニモイ。気をよくした訳者は具体的に日本人俳優の名を挙げる。こんなセレクションだ。

「私は加藤剛、高橋英樹、松本幸四郎など思いつくままに何人かの名前を挙げ、ニモイ氏はいちいち真剣な表情でうなずき返した」

つけ耳をつけて「船長、それは実に非論理的ですね」と語る加藤剛の姿を学科授業中に思い浮かべてしまった。思わず声を上げて笑った。そしたら32歳にして先生に「静かにしてください」と怒られちゃいました。

学科がこのあり様だから実技はさらに困ったものだ。例えるなら松本幸四郎演じるミスター・スポックといったところか、いかんともしがたいのだ。S字、クランク、坂道発進。も一まるでうまくいがない。自動車の運転がこれ程に難しいものだとは知らなかった。僕の目には今、街を行くすべてのドライバーが天才に見えている。プロレーサーなんて言ったら偉人だ。土屋圭市はキリストで、マッチなんかは仏の領域。F1ドライバーなんて聞いた日にゃあ、本当に拝みたいくらい尊敬してしまう。

'90年代F1ドライバーのトップと言えばアイルトン・セナの名が挙げられよう。'94年にレース中の事故で他界した。'90年代モータースポーツ界最悪の悲劇には、それ程F1に興味のない僕も驚いた。

事故翌朝のAMラジオを聞いていると、僕よりF1に疎い……というより、この人まったくF1なんざ知らないのだろうなという人物がセナの死について激怒していた。

誰あろう毒蝮《どくまむし》三太夫（以下、〝蝮〟と略）である。

「まったく可哀そうじゃねえかい、えっ⁉」

老人に対する容赦の無いつっこみで有名なあの〝蝮〟こと毒蝮三太夫が朝から下町言葉でセナを語っていてシュールな放送になっていた。

「大体なんだい、あのF1ってのはよお！」

蝮の怒りのホコ先はF1という競技自体に向けられているようなのだ。その理屈の通らなさたるやミスター・スポックもあきれる非論理でものスゴかった。

「えっ⁉　どういう了見してやがるんだいF1ってのはよお、鉄の箱にね、人を乗っけて時速300キロでつっ走る必要が一体どこにあるっていうんだい、えっ⁉」

アレジもシューマッハも全F1関係者が絶句であろう。F1の存在意義を根底から覆す超論理である。たしかに、鉄の箱に人を乗っけて時速300キロでつっ走る理由を探すとは困難を極める。F1のボディが鉄製ということはないんじゃないかなんてつっ込みはこの際忘れよう。要は、「本来不必要なF1という競技が英雄アイルトン・セナを殺した」。この蝮のものスゴい極論に、モータースポーツ界がどう反論するのか、実に気になるところである。

もし仮にだ、モナコや鈴鹿《すずか》のレース場に突如として蝮が現われ、今やスタートを待ち構えるF1ドライバーたちに対し、先のゴーマニズムを爆発させたとしよう。その時、デイモン・ヒルやシューマッハは果たしてどう対応すべきなのであろうか？

「やい！　まだ走ろうってのかこのヤロー！　鉄の箱にね、人を乗っけて時速300キロでつっ走る必要が一体どこにあるっていうんだい。えっ⁉」

蝮の毒舌にアレジあたりがやり返したなら見ものだ。

「オ～、ソレヲ言ウナラYOUハ何デスカ⁉　オ年寄リニ、ジジーババー、毒ヅイタ上、親カラモラッタ大事ナ名前ガ有リナガラ、コトモアローニ『毒蝮三太夫』ナドト名乗ル必要ガドコニ有ルノデ～スカ？」

と反論したならこれは逆に蝮のアイデンティティを根底から覆すゴーマニズムだ。

「べらんめえこんチクショー！　座布団1枚取っちまうぞこの雲助レーサー！」

「オー！　笑点ノ～！」

なんだかよくわからないが、蝮とアレジのなぐり合いに、蝮のかつての同僚であるウルトラ警備隊が加わったならさらに大変だ。Ｆ１ VS ウルトラ警備隊！　諸星ダン VS ハッキネン、キリヤマ隊長 VS ビルヌーブ、アンヌ VS 虎之介、夢のカード続出だっ！　って喜んでどうするの。

’90年代モータースポーツ界を震撼《しんかん》させたセナの死の翌朝に、毒蝮三太夫が痛烈なＦ１批判をぶちかましたことを知る者は世界でもごく少数であろう。知っていたからといってひとつもエラくはありませんが。

そんなバカなことを考えている僕はいまだS字が曲がれない。鉄の箱に乗って時速300キロでつっ走れる日は一体いつ来るのか。普通免許取得へのゴールがまずはるかに遠い。

（文中敬称略）

プレイステーション登場……'94年

ゲーム歴は浅い。ここ数年である。約20年前『平安京エイリアン』を、今で言う激ムズと感じてしまった僕は、金が無くなるだけだから……、と、それ以降ゲーセンにもファミコンにもまったく興味を失くしてしまったのだ。

『平安京エイリアン』でゲームを断念した男というのも我ながら実にぬるい。唯一、高校のころに『ゼビウス』にははまった。ピンク・フロイドの音楽にも似た奇妙にスローモーなゼビウスのゲーム内時間感覚が、高校時代という無意味に長い時の流れと一致し共感したのだと思う。

当時の筋肉少女帯メンバーに、高田馬場のゲーセンに入り浸っている男がいた。彼が、仲間とともに作ったという〝ゼビウスを完全に終わらせる本〟を僕にくれた。これ、今にして思えば攻略本の草分け的な1冊でありプレミアものなのではなかろうか？　もちろん当時は知る由もなく、バンド仲間のくれた小冊子片手にゼビウスをやった。

それから十数年ゲームとは一切縁が無くなる。ふと思い立ちプレステを購入した時には、僕は20代の後半になっていた。

いくつかプレステのゲームを試している内、『プロレス戦国伝』という育成シミュレーションゲームにはまった。ゲーム内に架空のプロレス団体とレスラーを作り、きたえ上げていくのだ。

ブルース・リー、大山倍達《ますたつ》、合気道の開祖・植芝盛平《うえしばもりへい》、皇帝溥儀《ふぎ》のボディーガード・李書文、柔道の創始者・嘉納治五郎、大東流合気柔術中興の祖・武田惣角《そうかく》、さらにサニ千葉こと千葉真一などなど、カルトな実在格闘家たちを続々とレスラーとして育成した。そして、団体名には『バリツ』と名付けた。

シャーロック・ホームズが習得していたと言われる幻の格闘技〝バリツ〟の継承者がプロレスラーとして現代に集うという、梶原一騎的妄想設定なのである。僕は文字通り、寝食を忘れて団体の強化に日々を費やした。昼も夜も『プロレス戦国伝』に熱中し、〝病〟を忘れようと試みたのだ。

実は、プレステを始めた理由はノイローゼにあった。数年前にこの病を患った僕は、このころリハビリ期間中にあったのだ。この病の治療法はさまざまだが、僕の場合、プレステのような〝何か〟に熱中しているときは楽な気分でいられた。

世の人々があれだけ熱中しているプレステならば、あるいはオレの心を快方へと導いてくれるのではないか、すがる思いでコントローラーを手にしたのだ。『プロレス戦国伝』はレスラーがヴァーチャルに強くなっていくゲームであり、病に打ち勝とう、強くなろうと心に決めていたそのころの気持ちと一致した。

ゼビウス以来のバーチャルと現実の密接なクロスである。目にクマをつくりながらやり込み（はたから見たならその姿こそ病的であったろう）、バリツはどんどん強くなっていった。ついに千葉真一が強敵格闘家をKO負けに追いこんだときは、僕はその場でゆっくりと立ち上がり、両手を高々と挙げ、ハラハラと涙さえこぼしたものだ。

「我が生涯のゲーム！『プロレス戦国伝』！」

ありがとー、1、2、3、ダーッ!!と、心の底から名作ゲームソフトに感謝した。

プレステ健康法のおかげもあって、病は快方へむかった。

『プロレス戦国伝』をきっかけに、僕はすっかりゲーム好きになってしまった。とにかく数をこなしていった。するとその内、ゲームにはいわゆるダメゲーと呼ぶべき駄目なものが数多く存在することを知った。まったくウンザリするほどクソみたいなゲームをたくさん買った。「金返せ！」と、何度叫んだかわからない。

そこで再び『プロレス戦国伝』である。

あれは果たして本当に名作であったのだろうか？

すっかり健康を取り戻したところ、再び『プロレス戦国伝』を開いてみたのだ。と、そこには、3Dと呼ぶにはあまりにチャチな、プロレスというよりはまるでクレクレタコラでも見るような、しょぼ〜いダメゲーの世界が広がっていた。

こんなものを徹夜でやっていたとはわがことながら呆《あき》れた。ビギナーであったこと、そしてやはり病にあったればこその熱中であったのだろう。しばらくぶりにプレイしてみたところ、クズみたいな女に入れあげて七転八倒した10代のころの恥ずかしい恋を思い返すような、甘く切ない気持ちが胸一杯に広がった。

大人の心を甘く切なくさせてしまうとは、ゲームという文化も相当な領域に到達したものだ。

『プロレス戦国伝』は2も発売されている。そんなにリハビリ期間中のやつが多いのだろうか？

音楽と育成中の画面が前作の使い回しという、見事なダメゲームである。新たに増えた〝レスラー視点モード〟のダメさ加減たるや呆然《ぼうぜん》だ。

レスラーの視点で戦えるというのだが、プロレスでは相手が自分の背後や側面に回ることが多い。すると必然的にプレイヤーは、敵が視界からいなくなった、真っ暗な闇の画面を延々と見つめる時間が多くなるのだ。

「アレ？　真っ黒、何これ？」

と言ってる間にバックドロップされたなら、わけもわからず画面一杯に天井が広がる、まさに仰天なわけである。作ってる最中に気付くだろ普通。

甘く切ないどころか心に？？が果てしなく広がった。

1が心の1本で、2が「ダメだこりゃ！」とは、やっぱりすごいゲームなのかもしれないな。

（文中敬称略）

江戸川乱歩生誕100年……'94年

江戸川乱歩に対する世の評価はいささか偏っていると思うのだ。

乱歩を、あまりに芸術と捉《とら》えようとし過ぎている。'94年は乱歩生誕100年として、彼に関するたくさんの出版や映画化が相次いだが、どれもこれも乱歩を、それこそエドガー・アラン・ポーと人違いしているんじゃなかろうかと思うほどに芸術家扱い。それ絶対違う。

たしかに、乱歩作品のいくつかは退廃の芸術と呼ぶにふさわしいものだ。しかし多くは、ヨタ、バカの領域にあるC級エログロ小説なのである。そちらの側こそが乱歩の本当のおもしろさなのである。ハッキリ言って、もっと笑っちゃっていいものだと思うのだ。

例えば短編『防空壕《ぼうくうごう》』は、空襲の夜に避難した防空壕の暗闇で女とHしてウッシッシ、ところがよくよく見たらしなびたバーさんでした……という、それは「ごきげんよう」の〝情けない話〟、略して「ナサバナ〜!」ですか?　と問いたくなるようなカックン話なのである。

さらに二十面相シリーズなどはそのいずれもが、100歩譲って子供向けだとしても勘弁ならぬアホの直撃弾だ。

ひとつ紹介しよう。

二十面相シリーズに『悪魔人形』という長編がある。その中で、巨大な鳥が舞い人面木が生い繁る地底のジャングルに迷い込んだ名探偵明智小五郎は、あわてず騒がず狂声飛び交う怪しの森の謎を暴いて見せる。真顔でこう言うのだ。

「大ワシや大トカゲも、てんじょうから、目に見えないような細いじょうぶなひもで、つってあったのだ。（中略）木のみきが怪物の顔に見えたのも、木そのものが、はりこの作りものだから、わけのないことだ。声は、みんなテープレコーダーだよ」

推理小説について書くとき、種明かしをするのは絶対の禁じ手とされている。承知であえて引用した。

だってさぁ……こんなんひとつもトリックじゃないじゃん（笑）。

「としまえん」のジャングル館で毎日やっていることを名探偵が真顔で解説するなよ。

「ハハハ……、種を明かせば、子供だましじゃないか」

と小五郎は言う。いやそれ子供でもだまされないって。

先日、江戸川乱歩に関するテレビ番組にレポーターとして出演した。打ち合わせで乱歩のC級な面について熱く語ったところ、スタッフも理解してくれて、小林少年が本の背表紙を30個ぐらい背中に貼りつけて本棚に化ける姿など、乱歩小説中のバカシーンをわざわざ映像で再現してくれた。芸術以外の面での乱歩を強く愛する僕としてはとてもうれしかった。

乱歩ゆかりのさまざまな場所でロケをした。目黒の日本近代文学館には「高原」という大正時代の雑誌が保管されていた。その中に「間島方面宣伝戦一班」という戦争記録がある。記録者の名前は江戸川乱歩となっている。

ところが乱歩がそんなものを書いたという記録はどこにもない。実はこの人物、探偵作家の江戸川乱歩とは全くの別人だったのだ。

さらに興味深いことに、「間島〜」は乱歩が『二銭銅貨』でデビューするより2年前に記されている。つまり、'94年に生誕100年を迎えた江戸川乱歩は、実は二代目であったということになるのだ。

番組はこの、〝初代の乱歩〟を追う構成となっていた。調べるほどに初代乱歩は謎多き人物であったとわかった。数ヵ国語を話し、いわゆる秘密諜報《ちょうほう》部員として海を渡り活躍、のちに帰国したが、その後の行方はまったくわからないという。

本名は辻村義介。酒飲みで、江戸川あたりを千鳥足で歩く様子を見て友人から江戸川乱歩と命名されたらしい。

探偵作家の方の乱歩は、初代乱歩こと辻村義介の存在を知っていたらしい。だが辻村について尋ねると、二代目の乱歩は、なぜか嫌な顔をして話題を変えたという。

ふたりの間に、何か、があったのだろうか？

これは『防空壕』や『悪魔人形』よりはるかに興味深いミステリーである。

池袋に今もある江戸川乱歩の家を訪ね、乱歩の御子息、平井隆太郎先生に話をうかがうことにした。

平井先生に辻村義介のことを尋ねた。事実確認のためのインタビューカットであったのだが、ポロリと意外な言葉がこぼれた。

「……いや……そう言えばもうひとり、辻村以外に〝江戸川乱歩〟を名乗る作家がいましたよ」

え？

平井先生の回想によれば、「十数年前だったか、何かの文献でたしかに、江戸川乱歩を名乗る3人目の男を見た」とのこと。

「そ、それ大事件じゃないですかっ⁉ 一体誰なんですかっ⁉」

「う〜ん……忘れちゃったなあ……あ、それよりマロングラッセ食べませんか？」

衝撃の展開よりマロングラッセ！　平井先生は実にもの静かな老紳士なのであった。

3人の江戸川乱歩。もしかしたらそこに、『陰獣』におけるような、一人3役のトリックがあったのかもしれない？

作品より当人の方がよっぽど推理小説的な江戸川乱歩である。あ、平井先生、マロングラッセいただきます。

（文中敬称略）

ときめきメモリアルはシバリョーだ!!……'94年

通称〝ときメモ〟こと、『ときめきメモリアル　forever with you』は、'94年5月にPCエンジンのゲームとして発売され大ヒットした。翌年10月にはプレイステーションに移植されて超ヒット。恋愛シミュレーションゲームのパイオニアとして'90年代に堂々とその名を残した。

恋愛シミュレーションゲーム……恋愛をシミュレーションしてゲームにするとは、まったく大胆な発想だ。

プレイヤーは主人公の少年として高校に入学、学力、運動、根性その他のパラメーターを学園生活の中で上げていく。その間に次から次へと同級生や後輩の美少女が登場。彼女たちをおだてたりすかしたりして最終的に意中の少女をゲットできるのか否か……女に縁のないモンモンとした10代を送った文化系の男にとっては、いろんな意味で痛い痛い痛いシミュレーションである。よくおわかりで、って感じ。

当然のごとく僕もはまった。何もいいことのなかった高校時代を取り戻すかのごとく寝食を忘れて没頭した。主人公の名をオーケンと登録して文芸部に入部と設定したら図書館で美少女同級生藤崎詩織から、

「オーケンの小説、読んだよ♡」

てなことを言われてコントローラー持つ手がワナワナと震えた。

「こういうのずっと夢だったんやっ!!」

なぜ大阪弁になるのか自分でもよくわからないが、ゲームの中で体育祭や修学旅行を美少女たちと体験して青春した。1学年後輩の早乙女優美をターゲットに決め何度もデートに誘った。誕生日には攻略本に従って〝チチビンタリカ変身セット〟をプレゼントした。ゲーム内時間3年が過ぎ結局は彼女をゲットできなかった。俺は心で叫んだ。

「なんでや⁉ なんでオレだとアカンねん⁉」

だからなんで大阪弁になるのだ。

ところで、〝ときメモ〟は司馬遼太郎の時代小説によく似ていると思うのだがどうだろう?

『竜馬がゆく』

アレだ。アレにテイストが似ていると思うのだ。特に前半に。

坂本竜馬の生涯を描いた司馬遼太郎の『竜馬がゆく』その前半は、竜馬が土佐を旅立ち江戸の千葉道場でメキメキと腕を上げるまでの物語。

竜馬が剣術、学力、根性等のパラメーターを上げていく中で、彼の周りに次から次へと美女が登場するのだ。

いずれ劣らぬ美人、キャラ分けくっきり、誰もが竜馬に対してある程度の好意を寄せている。竜馬ももちろん悪い気はしない。各美女と良い感じ。一体だれが本命なのかはなかなかまだわからない。女に対する竜馬の優柔不断さに男性読者は共感し物語世界にグイッと引き込まれていく。

司馬遼太郎の話の持っていき方は〝ときメモ〟のそれと同じだ。

登場美女はまず竜馬の姉の乙女。男まさりだが心やさしく竜馬を見守る。チラと女陰を見せるサービスカット有り。

続いてお田鶴様。土佐藩の名家の娘ながら下級武士の竜馬にほの字。〝ときメモ〟で言うなら鏡魅羅か？　あるいは古式ゆかりか？

竜馬が剣の腕を磨く千葉道場にはさな子という小娘がいる。色が浅黒く、表情の機敏に動くやんちゃ娘で竜馬にほれている。〝ときメモ〟で言うなら清川望か早乙女優美といったところか？

また、竜馬に仇討《かたきう》ちを頼む冴《さえ》という娼婦《しょうふ》も登場。色じかけで竜馬の童貞をも奪わんとする。文庫本で実に15ページにもおよぶ、司馬遼太郎ノリノリで書いたと思われるこのシーンの顚末《てんまつ》は恋愛シミュレーションゲームのイベントそのものなのだ。

『「いま冴が帯を解きますから」

「ああ、そうか」

「その前に、坂本さまの帯を解いてさしあげましょう」

「自分でやる」

「いいえ、お師匠さんのいうとおりするものです」

竜馬は立ち上がった。

そのときである。

嘉永《かえい》七年十一月四日の地震が、江戸、相模《さがみ》、伊豆《いず》、西日本を襲ったのは。』

なんと、あと一歩だった初体験が、唐突に大地震で中止になってしまうのだ。

この大胆というかあまりに御都合主義な話の持っていき方、読者の興味の引っぱり方は、本当にもうプレステ・ゲームのイベントシーンそのものじゃーないか。司馬遼太郎はコアなユーザーなのか⁉ 強制セーブポイントであることは間違いない。

他にも、竜馬が夜這《よば》いをかける土佐のお徳や、友人の妻ながら「こらア、いかん。わしはほれそうな婦人じゃよ」と竜馬が思わずほれぼれするいい女・お八寸《やす》等々、『竜馬がゆく』前半は、とても歴史長編と思えぬ〝ときめき〟をもってして坂本竜馬の青春をメモリアルしているのだ。

（文中敬称略）

p.s.

『トゥルーラブストーリー』もまた、ときメモ以上に僕にとって忘れられない恋愛シミュレーションゲームだ。「ウヒョ～! どの娘に行こかー!」と大騒ぎしながらやっていたら、隣に座っていた女のコにいきなりどつかれたのだから忘れるはずがない。

「何よこれ！　何なの？　女のコをより取り見取りでまるでモノ扱いして！　女をバカにしてない？　そんなものに夢中になってるアンタは男として最低よ！」

と言われてまったくそのとおりで返す言葉が見当たらない。パコーン！　とぶたれてバターン！と出ていってしまった。焦りつつ、しっかりセーブしてから追いかけた。

ところで司馬遼太郎がときメモやトゥルーラブストーリーをやったなら、やっぱり〝シバリョー〟と自分の名を登録するのだろうか。

「シバリョーの小説、読んだよ♡」

まず井上貴子がゴンヌズバーと脱いだ!……'94年

「週刊ファイト」8月20日号によれば、通天閣歌謡劇場に「元女子プロレスラーのクレーン・ユウ改め〝未来〟」と名乗る演歌歌手が登場したとのこと。

しかしこの人物、実は本物の元クレーン・ユウとはまったくの別人であり、本物のユウは〝未来〟なる人物と一面識もなく「訴えてやろうか」と怒り心頭だという。

それでもなお元女子プロレスラーを自称する未来に対し、「週刊ファイト」誌は「その真意は一体何なのか」とただ困惑するばかりと書いている……。

これほど奇妙な事件もそうはない。

クレーン・ユウはダンプ松本と共に'80年代の女子プロ界を暴れまわったレスラー。とはいえダンプほど知名度があったわけでもなく、今となってはマニアックな存在だ。そのクレーン・ユウを名乗ることで演歌歌手という職業にメリットがあるとはとても思えないのだ。

一体何を思って未来なる女性は元ユウであろうとするのか? まったくわからない。

もし仮に、未来が本当に自分のことを元ユウと思い込んでいるのだとしたら、これはダニエル・キイス的サイコサスペンスである。逆に未来が実は本当に元ユウで、しかし同一人物の元ユウが「あれは私じゃない」ととぼけているとしたらこれはもう江戸川乱歩の

『陰獣』のごとき猟奇世界だ。

いずれにせよプロレス専門誌の小さな記事にしておくのはもったいない怪事件だ。調査したならその奥にユダヤ・フリーメーソンの陰謀やエリア51の策略が潜んでいる可能性も大だ。また逆に、女子プロレス界に自称〝元演歌歌手〟を名乗るレスラーが登場したならどうしたものか。

「元水前寺清子改め覆面女子レスラー〝チーター〟」がトップロープからスワン式ミサイルキックを放ち、ワイドショーでは本物の水前寺清子が「訴えてやろうか」と怒り心頭の表情を見せたとしたら……。

まさに「困惑するばかり」だ。

'90年代大槻的女子プロ大賞受賞ほぼ決定の〝元ユウ事件〟であるが、現在調査中であるためまた追ってお伝えしたい。

〝元ユウ事件〟に次いで'90年代の女子プロレス界で衝撃だったのは女子レスラーのヌード写真集出版であろうか。

突然話が下世話になるが、いや'90年代の女子レスラー写真集続出にはビックリした。

どいつもこいつもとにかくよく脱いだ。

アンタたちゃ全員けっこう仮面なのか⁉　とつっ込みを入れたくなるほどのおっぴろげジャンプ大放出であったのだ。

まず全日本女子プロレスの井上貴子が'94年にゴンヌズバーと脱いだ。パイモロである。

SEXYショットではなくパイモロである。革命的事件であった。貴子のヌード御開帳に「あっ、脱いでもいいんだ私たち」と思ったのかどうかは知らないが、福岡晶、バイソン木村、ジャガー横田などなど、次々に女子レスラーたちはそのきたえあげた裸体をレンズにさらした。裸にはならずとも大向美智子、府川由美、キューティー鈴木、尾崎魔弓、キャンディー奥津といったビジュアルのよいレスラーたちが限界ショット（死語）に挑戦。プロレスおたくの脳髄を煩悩で満ちあふれさせた。

誠に恥ずかしながら、小生も数冊購入している。書いたら本当に恥ずかしい。アレをレジにもっていく時の顔から火が出る感覚は筆舌に尽くしがたいものがある。特に豊田真奈美写真集『B・Bomb』は表紙インパクトがあまりにエロかった。豊田がAVの「女尻シリーズ」とまったく同じポージングをしているのである。僕は『エマニエル夫人』の写真集を買った中学1年のときと同じぐらいドキドキしてしまいましたよ。

表紙インパクトが豊田なら中身インパクトはJWPの福岡晶写真集『AGeLLe』がエロかった。もうミもフタもないとはこのことである。福岡は本写真集の中で、誰ともわからぬ白人金髪娘とスッポンポンで絡みまくっていてこれは一体どういうことなのか？　気分はもうスウェーデンなのか？　歴然とレズビアンを意識した構成はハンパなエロ本よりスケベであった。

女子レスラー写真集が出る度にチェックしている。ある時、某レスラーの裸体について〝乳首がぶどうの巨峰のよう〟と文学白樺《しらかば》派的にテレビで表現したところ御本人を怒らせてしまった。彼女にしてみれば「そういうことではなくきたえあげた私の肉体美を見て欲しい」との主張があったようだ。プロレタリア派なのであろう。僕としても悪気はなかったので、大好きなレスラーの方を怒らせてしまったとは申しわけないと人づてに御本人に伝えた。'90年代大槻的女子プロ史の中でもこれまた実に奇妙な事件であった。

怒られたこともあればマネをされたこともある。ＬＬＰＷのレスラー、ジェンヌゆかりは以前、顔にひび割れのメイクをしていた。

「それ、僕のメイクのマネ？」と問えば、「実はそうなんですよ」と真相を打ち明けてくれた。残念ながらその後ひび割れのメイクを彼女はやめてしまったけれど、〝モデル〟として応援していた。ところが'90年代中ごろ、彼女は突然行方不明となり、現在もリング復帰はおろか消息さえわかっていない。人間蒸発である。〝元ユウ事件〟同様に'90年代女子プロ界不可思議現象のひとつであり、'90年代大槻的女子プロレス４大事件のひとつでもある。


（文中敬称略）

p.s.

「クレーン・ユウ改め〝未来〟」事件の続報。

未来の映像資料を入手した。

うーんこれは〃ユウ〃とは別人でしょう。

所属事務所へ問い合わせたところ、〃彼女が女子プロレスラーだったことは間違いない。本物のクレーン・ユウが休場したときに未来がユウとして出場していた〃とのこと。またレスラー時代にカセットテープを出したことがあるらしい。

逆にこのことを全日本女子プロレスへ問い合わせると〃ユウの代わりに出場したことはない。しかし、未来が昔、全女に在籍していたレスラーだったことはあり得る、だが今では調べようもなくわからない〃とのこと。

まったくもって奇々怪々な話ではある。とりあえず、これ以上調べたところで誰ひとりとしてニコニコな気持ちになる話ではなさそうなので、この一件にかかわるのはもう止めにしたいと思う。未来さんは現在トラックのドライバーをしているそうなので、いつかどこかの旅の途中、ユウ選手と会うこともあるかもしれん。

K－1大ブレイク！　そして佐竹はオーケンとバンド結成！……'95年

＊「K－1」の「K」は、空手、キックボクシング、カンフー、拳法などの各種格闘技、あるいは格闘技そのものの頭文字を、また「1」は無差別級を示し、さらに「ナンバーワン」の意味も。また立ち技格闘技の総称でも。

先日、バカスパイ映画『オースティン・パワーズ』を観ていたら、格闘家のジョー・サンが出てきたので驚いた。

ジョー・サンとは、数年前にK－1に出場したことのある総合格闘家である。映画の中では東洋人の殺し屋に扮《ふん》している。オースティン・パワーズを危機一髪に追い込むが、〝スウェーデン製ペニス増大器〟を股間《こかん》にあてがわれてあえなく悶死《もんし》。何バカなことやってんだジョー。

そういえばジョー・サンは、アルティメット大会という格闘技のトーナメントに出場したときも、相手選手にタマキンをムンズとつかまれてギブアップ負けしたのだ。あの迷シーンを踏まえた上でのペニス増大器悶死シーンであるなら、監督はかなりの格闘技オタクと推察できる。

家に帰り「ニュースステーション」でK－1の速報を見た。K－1日本最強選手を決定するトーナメントだ。プロレスラー安生洋二らを下して見事優勝に輝いたのはかつての我がバンド仲間である佐竹雅昭選手であった。

日本最強K-1戦士が〝かつての我がバンド仲間〟とは一体何事か？

いや実は、今から数年前、僕は本当に佐竹選手とロックバンドを組んでいたのだ。

あるとき、みうらじゅんさんから「明日、バンドでテレビに出るんだけど人が足りないんだ。悪いけど大槻君も来て」と無茶苦茶な電話が入った。翌日テレビ局へ行くと、やはり「みうらさんに呼ばれた」と言ってロックバンドの人間椅子と、そして佐竹選手がポツネンと待っていたのだ。僕らは即席で〝大仏連合〟というバンド名を名乗り、これまた即席で作った「君は千手観音」という曲を歌った。僕はコーラス、佐竹選手は仁王様のかっこうをしてたまに「ウォ〜！」と叫ぶだけであった。ピエール瀧みたいなもんだ。今の佐竹選手からは想像も出来ない光景である。当時はK-1もまだメジャーではなかったから、ジョー・サンのような怪しい格闘家をリングに上げたり、佐竹選手が僕とバンドを組んだりといった遊び心も許されていたのだ。

'98年にはラスベガスにも進出したK-1であるが、実は〝K-2〟という格闘技の大会が日本に存在するのを読者は御存知だろうか。

プロヘビー級選手の大会であるK-1に対して、K-2はアマチュア空手家がグローブをつけて戦う新空手の大会。さらにその下には、初心者向けの〝K-3〟がある。K-2はなかなかに本格的である。K-3はどシロウトの大会。K-1とK-3のレベル差は郷ひろみと若人あきら以上に遠い上にほとんど接点がない。

'97年5月5日、僕はK－3に出場した。

格闘技好きとして、1度は見るだけじゃなくやる側の世界も見ておかんといかんのじゃないかと考えてのことだったのだ。会場は綾瀬《あやせ》の体育館。ラスベガスとはえらい違いである。

対戦相手はボクシング歴2ヵ月という20歳の青年。対する僕は格闘技雑誌の編集者に新空手を2ヵ月教わっただけの31歳。試合はポイント制で、審査員席には「欽ちゃんの仮装大賞」で見るような点滅式ランプが設置されてあり、15個のランプがピコピコ点《つ》いた方の勝ちとなる。試合時間2分。

ヘッドガードをかぶり、胴当てとグローブをはめていざ試合開始。直前の緊張感たるや凄い。ハードコアパンクの集会でヨーデルを熱唱しなくてはいけなくなったときのような恐怖だ。なんだかわからんたとえだがとにかくも～ドキドキするのだ。

当然のごとく僕のへなちょこパンチキックは相手のダッキングやスウィーピングにスイスイとかわされてしまった。逆に、左顔面へフックをガツンと食らわされた。

その瞬間、我が脳裏にはコメディアンのケーシー高峰の顔がボッと浮かんだのだ。なぐられてケーシー高峰が浮かぶとはどういうことか？

説明しよう。

左顔面をなぐられた瞬間、右半身がビリビリとしびれたのである。ケーシー高峰のネタに「左脳を損傷すると右半身がマヒする……これが本当のサのヨイヨイ、なんちって」というギリギリなやつがある。ケーシーの言葉のままに、左顔面をなぐられて右半身のしびれた僕は、咄嗟《とっさ》に「なるほど！　これか！　これこそがサのヨイヨイってわけか！」と思ったのだ。

「なるほど！　ケーシーは真実を語っていたのだ。ケーシーあなどるべからず！」

戦いの最中にケーシー高峰を礼賛したならどうなると思いますか？　ボコボコになぐられて見事判定負けしてしまいました。わたくし、試合をあなどっておりました。

今でもK－1の豪快なKOシーンを見る度に、ケーシー高峰の姿を敗者の頭上に幻に見るのだ。マイク・ベルナルドやアンディ・フグ、そしてかつての我がバンド仲間である佐竹雅昭がダウンするたびに、ケーシーはその頭上にニキビ面で現われて「ぐらっちぇ、ぐらっちぇ」とつぶやくのだ。

K－1の〝K〟は空手、キック、格闘技の頭文字〝K〟の意。お気付きであろう。そう！　ケーシー高峰もまたイニシャル〝K〟なのである。

（文中敬称略）

p.s.

'90年代を代表する格闘技イベントK－I。しかし最初の頃は、ジョー・サンをはじめ、カンフーの達人、その名も〝ブルース・ドラゴン・ジョー〟など、うさん臭い選手も数多く登場していた。かつての我がバンド仲間である佐竹選手も、十字架を背負って登場した〝ケンカ屋のキモ〟と一戦を交えたことがある。その時キモのマネージャー役として現われたのがジョー・サンであった。

さて、大仏連合の「君は千手観音」は、CDとして入手可能である。大槻のソロプロジェクト〝アンダーグラウンド・サーチライ〟のCD『スケキヨ』に収められている。みうら＋人間椅子＋大槻による再現なれど、残念ながら佐竹選手の「ウォ〜！」は録音されていない。完全版は'95年にテレビ朝日で放送された「デーモン小暮のロック名缶」のビデオを捜すしか見る術《すべ》はない。

ブルーハーツ&X JAPAN解散の陰にカリスマ!……'95、'97年

'90年代初頭にバンドブームがあった。

ブームの頂点には、ブルーハーツとX JAPANがいた。

この2大バンド、どちらも'90年代中に解散した。解散時の状況が、双方ともに実に興味深いものであった。

'95年に発売された「ロッキング・オン・JAPAN」誌に、ブルーハーツ解散メンバーインタビューが載っている。ベーシストのコメントを読んだ僕は本気でひっくり返って頭打った。解散にあたりファンの人にメッセージをと求められた彼はこう応《こた》えているのだ。

「一番みんなに伝えたいことっていうのは、やっぱりいまお釈迦《しゃか》様がこの地上に降りられてるということと、仏陀《ぶつだ》が下昇されたってことかなぁ〜」

そ、そうですか! 仏陀が下昇されてますか!

ベーシスト氏はある宗教団体の敬虔《けいけん》な信者なのである。ファンへのコメントのはずが、彼の発言は団体主宰者への感謝に終始していた。

「ほんとに先生(主宰者)に出逢《であ》えて……感無量です!」

とある。

いやしかし、バンド解散にあたり「お釈迦様がこの地上に降りられてる」とのコメントはあまりに壮大過ぎるのではないか。仏陀が下界されては、そりゃバンドどころではなかったのだろう。

X JAPANはボーカルのTOSHIの脱退を理由に、'97年に解散。

解散後のTOSHIは外見から何からイメージ一新。X時代からは想像もできない、すっぴん、第1ボタンまできっちりしめたシャツ、さらに肩にはセーターをサラリと引っかけた姿でメディアに登場。「X時代の僕は自分をごまかしていた。これがありのままの僕なんです」というような発言をくり返したが、その、まるでアメリカ学園コメディ映画『アニマル・ハウス』に出てくるエリート学生のようなあまりにピッチリしすぎた自然体ルックは、X時代のヘビメタ姿より逆に不自然かつ視覚的インパクトが強烈過ぎた。人々は思わず「何が彼をそうさせたんだ⁉」と驚いた。

TOSHIは、屋久島《やくしま》にリゾートを経営する実業家&ミュージシャン・MASAYAの哲学に心酔。彼の主宰するセミナーを受講したことがきっかけとなり人が変わったと言われている。

本来、人々に精神的な安定感を与える存在であるはずのバンドマンが、逆にそれを与えられる側に立ち、バンドよりも優先した。彼らの心のゆらめきが、同業者としてはとても興味深いのだ。

おふたかたにしてみれば、お互いの信奉するものを、「同じ地平でくくってくれるな」

と思うかもしれない。お断わりを入れておこう。ここで言う両名の共通項は、あくまで精神的な安定感をバンド以外の存在によって得た、という現象のみを指している。

バンドマンは、ただ自分たちを表現するために始めたバンドという行為が、実は人々に精神的安定を与える重大な作業であるということにあるときハタと気付く。人気があればあるほど人々からの依存度は高くなり、ときには宗教的な存在へと至る。もとよりカリスマを目指していた者以外には、人々からの信奉は支えることのできない重荷となり背にのしかかる。するとバンドマンが今度は逆に、バンド以外のところに精神的安定となる存在を求めるようになるのであろう。

その存在を欲する心は、バンドという調和が崩壊する解散時にピークに達することが多いようだ。いいのか悪いのか僕にはわからん。ただ、バンドマンの心とはそーゆーふーにできているのだ。

'90年代前半に解散した人気ロックバンドの紅一点ボーカリストは、解散ライブの翌日、唐突にあるものがどうしても欲しくなり、衝動買いをしたという。彼女から直接聞いた話である。「それ何?」と問えば彼女は答えていわく、

「トーテムポール！　思わず買っちゃった」

トーテムポール！　言わずもがなネイティブアメリカンの精神的支柱である。さらにフロイト的に解釈するならば、男性のシンボライズと言えよう。バンド解散翌日に紅一点メンバーがどうしても必要としたなどとは、実にわかりやすい依存を求めるバンドウーマン

の深層心理の表われである。

（文中一部敬称略）

これこそが'90年代だった!? 新世紀エヴァンゲリオン放送スタート……'95年

『新世紀エヴァンゲリオン』と言えば、文句なく'90年代ジャパニーズ・サブカルチャーの生んだ偉業であるからして、一朝一夕には語れまい。今回はエヴァ零号機搭乗者である綾波レイひとりに焦点を絞ってみよう。

無口、冷酷、肉体と呼ぶにはあまりに貧弱な体。肌と呼ぶには白すぎる表皮の無気質……オタク系男にとっての〝少女とはかくあるべし〟像がそのままアニメとなった綾波レイそのモデルは、何を隠そうこのオレの書いた歌詞だったのである。

いや本当。

エヴァの〝先行特別編〟と題されたビデオ『GENESIS0:0 IN THE BEGINING』の中で、キャラクターデザイナーの貞本義行さんご本人が述べているのだから間違いない。「筋肉少女帯の『何処へでも行ける切手』という曲の中に『包帯で真っ白な少女』という詞があって……」

〝彼女〟をモチーフに綾波レイのキャラを創始したのだという。

エヴァ好きとして、オタク系の人間として、そして作詞者として身にありあまる光栄である。

自分が名作アニメの主要キャラ誕生に深くかかわるなど、人生でそうあることではない。

まるで『あしたのジョー』のモデル、故たこ八郎になったかのような心境だ。

それはちょっと違うか。

ともかくうれしいではないか。貞本氏はコミック版エヴァの第2巻においても、中学の教室で綾波レイが拙著『くるぐる使い』を読むカットをさりげなく入れている。これもまた光栄である。

「何処へでも行ける切手」は筋肉少女帯の『断罪！　断罪！　また断罪!!』『筋少の大車輪』の2枚に収録されている。綾波レイのルーツを知るために要必聴である……と宣伝しても誰も買いやしねーだろーから作詞者本人がここに歌詞を全文掲載するとしよう。

怯《おび》えた男は許しを乞《こ》うように
うつろに笑って両手を差し出し
紅茶の染みた切手をくれた
これさえあれば郵便配達の鞄《かばん》に潜み何処へでも行ける
トカゲより早くかもめより遅く
自転車にゆられなだらかな夜に
闇の右手に宝石のように時に光るのは
いたずらをして捨てられてしまった子供達の楽団
包帯で真っ白な少女を描いた

切手をもらって何処へでも行こう
闇の右手に宝石のように子供達の楽団
アコーディオンを弾いておくれ
お別れみたいにさ
休みの国で女に出会って郵便配達は自転車を捨てた
けれど僕には切手があるさ
しばらく待てば郵便配達も戻るだろう
何処へでも行ける
沢山のたわいない街をゆき過ぎよう
終わりなく続いてる包帯を追いかけ…
神様におまけの一日をもらった少女は
真っ白な包帯を顔中にまいて
結局　部屋から出ることがなかった
神様は憐《あわ》れに思い
少女を切手にして彼女が何処へでも行けるようにしてあげた
切手は新興宗教団体のダイレクトメールに貼られ
すぐに捨てられ　その行方は誰にももうわからない

……なんだか「詩とメルヘン」みたいなページになってしまった……。この詞、読み返してみると、予感めいたストーリーに観念的な単語が並び、結局、落ちがなくあいまいに終わる展開が実にエヴァ的な気がしなくもなくはない。

観念的な単語のネタ元をいくつか明かすと〝闇の右手〟とは古いSF小説「闇の左手」に由来している。〝休みの国〟とは'70年代のロックバンドの名前を拝借している。問題の〝包帯で真っ白な少女〟であるが、丸尾末広のマンガによく出てくる包帯だらけの少女たちと、そしてジョルジュ・フランジュ監督の恐怖映画『顔のない眼』の主人公、ケガした顔を隠すために真っ白な仮面をいつもかぶっている少女をモチーフとしている。

綾波レイの原型となった少女には、さらに元となる、しかも複数の少女たちの存在があったのだ。

〝包帯で真っ白な少女〟のインパクトは僕のファンにもかなり強烈だったようで、発表した当時、本当に全身を包帯でグルグル巻きにしたかっこうでライブに来る少女がいた。ハンパじゃなく怖いですよそれ。

ある時、学園祭に行ったところ全身包帯少女が我々を待ち構えていたのだ。遠目に見たなら綾波レイというより、ウルトラマンで怪獣ドドンゴが登場する回に出てくるミイラ人間のようだ。思わずメンバー一同「ヒエ〜!」と悲鳴を上げた。

「おーつきさーん!　包帯巻いてきたの〜!」

ズドドドドと追いかけて来られてビビった。

しかし考えてみれば、彼女こそが綾波レイのコスプレ第1号ではなかったか。いうなれば、綾波レイ・零号機である。

（文中一部敬称略）

パンク歌手「町蔵」は改名し作家「康」になった！……'95年

'90年代に、ロックの世界から文学へと転向し大成功を収めた人物と言えば大槻ケン……いやそりゃ違う、辻仁成と町田康であろう。

エコーズのボーカル辻仁成は、'97年に芥川賞を受賞、一方、'80年代に〝町蔵〟という名でパンク界のカリスマであった町田は'95年に〝康〟と改名、『くっすん大黒』（'97年）等のベストセラーを連発。おふたりとも今や大作家である。は〜人生いろいろ。

大槻から見ればおふた方ともロック界の先輩だ。辻さんとは作家になる以前にお会いしたことがある。'90年代の東北のイベントでエコーズと共演した。僕は20歳そこそこの新人で、客の受けをねらって浴衣《ゆかた》で登場しようか、それともキチンと衣装を着ようか真剣に悩んだ挙げ句、マネージャーとケンカを始めたところを通りかかった辻さんに笑われたのだ。

「アハハ、若いなーがんばってよー」

ぺーぺーだった僕はエコーズの人に声をかけてもらって無茶苦茶うれしかった。結局、浴衣を着てセッションに登場したものの、受けるどころかズゴーン！　とお客が一斉に引いた。あせった。

町田さんを初めて〝目撃〟したときも、ずいぶんとあせったものだ。

'80年代の中ごろ、渋谷《しぶや》の「ラ・ママ」というライブハウスでアングラ大集結のライブがあった。筋肉少女帯も出演していた。このころのアングラといったらろくなもんではない。店の外の道路には、ゲラゲラ笑いながらアキレス腱《けん》固めをかけあっているモヒカン野郎たちだの、通りがかりのサラリーマンをムチでしばいている金髪男だの、石川賢のマンガみたいにバイオレンスな光景がアチコチで展開されていた。気弱な高校生バンドであった僕らは「ひゃー！　サラリーマンがネクタイで応戦してる！」などと隅のほうでビクビクと震え上がっていた。

と、そこへフラリと町田町蔵が現われた。

坊主頭に顔の半分はあるんじゃないかというようなデカい瞳《ひとみ》を右にギラリ、左にギョロギョロさせて、酒が入っているのか何なのかユラ〜リとよろめきながら、パンクスひしめく道路の真んなかを歩いてくる。町蔵が近づくにつれ騒いでいたパンクスたちが右へ左へ道を開ける。モーゼの十戒のようだ。町蔵はまったく気にも止めず口元にヘラヘラと笑みを浮かべながらユラ〜リユラ〜リと歩いてくる。

'80年代にLP『メシ喰《く》うな！』でデビューしていた町蔵は、アングラロックシーンのカリスマであり、その圧倒的な存在感からどんな過激なパンクスにも一目置かれていたのだ。

「わー！　町田町蔵だー！」

と僕の仲間が思わず叫んだ。

「誰が町蔵やっ!?」

町田町蔵が振り返り僕たちを睨《にら》んだ。その射るような眼光にヒ〜！　っと縮み上がった。

するとこ町蔵はニカ〜と笑い、言った。

「……わいや」

笑ったものかビビったものか判断できず、僕たちは「は、はい！」と直立不動で応《こた》えた。町蔵のライブは鬼気迫るもので、僕は完璧《かんぺき》に影響を受けた。狂気！　狂気！　曲の間では客席をまたギョロリと睨みつけて一喝だ。

「こんなかに関西の人間がおる、誰やっ⁉」

迫力に静まり返るパンク＆アングラの客。町蔵はニカ〜と笑い、言った。

「……わいや」

持ちネタですかそれは？　僕は心で思いつつ、でもみんな真剣に見てるからこれは笑っちゃイカンのだろうと思い必死につっ込みをこらえた。

「なんやこのギター！　音が出ェへんやないかっ！　なんでや⁉」

またしても町蔵の怒り爆発。客席はもう井戸の底の静けさだ。すると町蔵はギターコードをつまんでこう言った。

「……コードが抜けとった」

ニカ〜と笑った。さ、三段落ちだなこれは。しかし、まさかあのパンクの町蔵がそんなベタなネタで笑いを取るわけがない。どうしたものかわからず、会場はミョーな空気に包まれてしまった。

町蔵はだまって、コードをギターに差し込むと、淡々と次の曲を歌い始めた。

それから約10年の間に何があったのか、それとも自然の流れなのか、作家デビュー直後にお会いした町田さんは、当時を思えば信じられぬほどおだやかな方になっていて驚いた。

〝三段落ち事件〟について尋ねると、

「あのネタは、3日前から考えていたんですけど」

実は。とのことであった。

もともとシャレ好きの方であったようだ。インターネットもない時代。〝パンク町蔵〟のおっかないイメージだけがひとり歩きしていたのかもしれない。

後日、ライブで町田康さんと「メシ喰うな!」をデュエットした。端から見たなら、「エッ!! 作家の町田康がなぜ大槻とデュエット⁉」という意味においてア然だったであろうが、大槻的には「ヒエ〜、俺、町田町蔵と唄《うた》ってるよ」という意味で実に驚きだった。は〜人生いろいろ。

ところでライブの最中、町田康に「誰がメシ喰うんや⁉」と怒鳴られた……なんてことはもちろんありませんでした。


（文中一部敬称略）

p.s.

町田康ｗｉｔｈ大槻のセッションの時、たまたま、「キャイ〜ン」のウドちゃんが遊びに来ていて、

「参加してよ」と頼んだのだが、「ア〜いや〜！　ダハ〜」と彼が遠慮したためにロック史に残る奇妙な共演は実現しなかった。

町田さんは、〝康〟名義で'90年代に何枚かのCDを発売している。個人的には、町田町蔵と北澤組の名義で発売した『駐車場のヨハネ』が大好きだ。1曲目の「麦ライス、湯」は、お茶漬けなど作っていると必ず口ずさんでしまうファンキーな1曲。

大槻が高校時代に〝目撃〟したこわい町田さんを知りたい人は、昭和57年製作、石井聰互《そうご》監督映画『爆裂都市』を観ると雰囲気わかるでしょう。町田さんは〝キチガイ兄弟〟の弟役で登場している。なんて役名なんだ。

エボラ出血熱再発……'95年

＊エボラ出血熱の初期症状は軽い頭痛だが、その後すぐに目は充血し、高熱が出て、激しい嘔吐が始まる。やがて全身に皮下出血による赤い斑点が現われ壊死状態に。そして粘膜が剝離し、筋肉は炸け、全身から大量出血し、死んでいく。

あのスティーブン・キングをして「この本、無茶苦茶コエ〜ぜ！」と言わしめたリチャード・プレストンの『ホット・ゾーン』は、エボラ出血熱を追ったドキュメントだ。'94年に日本で出版された本書は、翌'95年5月に、ザイールでエボラ出血熱が再発したこともあってベストセラーとなった。

サルなどの野生動物から感染し、発病すると全身の毛穴から血を噴き出し死に至るというエボラ熱を追ったこの本、本当にコワイ。あとがきには1992年にアフリカ旅行帰りの日本人男性がエボラによって亡くなったとあり本文よりももっとコワイ。

奇病が他山の石ではなく身近な恐怖として、いつもそこにあると人々が理解するようになったのは、'80年代におけるエイズの猛威と'95年のエボラ再発によるところが多いと言えよう。

それ以前には、奇病などは、あくまでも都市伝説やこわがらせ話の領域を出ることはなかったのだ。

1968年出版の『世界のウルトラ怪事件』という本を読むと、いかに当時の人々が奇病なんて関係ねーよとタカをくくっていたかがよくわかる。

本書は超能力やオオカミ人間といったこわがらせ話を集めたガキんちょ向けの1冊。「世界の怪人」「恐怖の動物襲来」「世界の奇岩・怪石」といった、実にパチもんな怪事件が並ぶ目次の中に、「恐怖のこの奇病」と題した、奇病列伝がドーンと載っているのだ。

奇病ねえ、いいの？　それ？　どっかからクレーム来ないの？　病気を見せもの扱いして、とつっこむ間も与えずこんなラインナップである。

よだれ病
水ふき病
骨くだけ病
骨ポロリ病
水頭病
象皮病
出血病
笑死病
わたふき病

あるの？　そんな病気？　本当に？　って感じだが、たとえば骨ポロリ病の解説はこうだ。

「ハークション！　ブラジルのサントスに住んでいるカザル青年は、1964年9月22日の朝、ベッドから起きだしたとたん、かぜでもひきかけたのか、たてつづけにクシャミをした。ところがこのクシャミは10分に1回くらいのわりで、まる2日止まらなかった。

（中略）クシャミと同時に、手足の関節がポロリとはずれるようになってしまったのだ」

なるほど骨ポロリだ。それにしても、日付まで正確にありながら「ハークション！」というあまりにもダイナミックな書き出しもあって、どうも眉《まゆ》つば記事の感はいなめない。

やっぱり気になる〝よだれ病〟は、その名のとおりよだれの止まらぬ状態となる奇病だそうだ。

1964年2月1日にスペインはカセレス第三高校の第8教室で生徒42人が一斉にかかった、と実にくわしく記されている。本当？　本当にあんのそんな病気？

なぜか目次にはないが、〝目玉のかたまり病〟というのも紹介されている。眼球が化石化し、その固さたるや〝メスがかけてしまう〟ぐらい、なのだそうだ。

本当？

かと思えば明らかにそれ本当！　という病についても記載されている。それらが同一線上に並べられているところが、時代というかいろんな意味で驚くというか。これも目次にはないが、文中では〝水俣病《みなまた》〟〝スモン病〟といった病気までが、〝おそろしい奇病〟として扱われてしまっているのだ。

いやまったく、水俣病やスモン病といったテーマを『世界のウルトラ怪事件』のひとつとして見せもの的に載せてしまうのだから、'60年代とは言えまだまだ人権意識が薄かったのだろう。

なにしろこの本といったらどこから集めたのかウサン臭い事件ばかりで、あとにも先にも本書でしか読むことのないウルトラ話が満載なのだ。ひとつ挙げればこうだ。

「1967年7月15日、アフリカ・ナイジェリアのラゴスに住んでいるアデグビデ夫人の口から、手のひら大の生きたカメが出てきた。このカメは、夫人のからだに8年前から入っていたもの」

入っていたもの。って、飼ってたのかアデグビデ夫人は。

カメと「恐怖のこの奇病」が同じ扱いなのだ。世界は平和だった。著者の中岡俊哉も、エイズやエボラ出血熱といった恐怖のこの奇病が、現実にすぐそこにある危機になるなどとは、'60年代の日本では夢にも思っていなかったのだろう。

「恐怖のこの奇病」は、中岡による〝こわがらせ文〟で始まっている。

「きみたち、からだは健康かね？（中略）でも、健康な人でも自分は健康だからといって安心して、無茶をしてはいけないよ。なにしろいまこの地球には、近代医学でも原因のわからない〝奇病〟がたくさんあるのだから」

皮肉にも、奇病が身近となる'90年代を予言していた。

（文中敬称略）

坂本弁護士一家殺害犯逮捕……'95年

＊オウム真理教を追求する活動を行なっていた坂本弁護士殺害を教祖麻原が指示。実行犯らは、坂本弁護士（当時33歳）、妻の都子さん（同29歳）、長男の龍彦ちゃん（同1歳）、の一家3人を殺害。遺体を3カ所に埋めた。

自称犯罪関与人。

という人々がこの世には存在する。社会的大事件について、「実はアレは俺が1枚嚙《か》んでいた！」と自ら名乗り出る人々のことだ。

それでつかまれば単に〝自首した犯人〟である。しかし〝自称犯罪関与人〟は違うのだ。決してつかまらないのだ。なぜなら彼らの証言は、どれだけディテールが細かくとも、決定的証拠は存在しない。結局のところ曖昧《あいまい》で、検証しようにもウラがとれない。これではつかまりようがない。

子供のころ、自称3億円事件犯人に関するワイドショーをテレビで観たことがある。

3億円事件の刑事上の時効が間近のころだった。眉間《みけん》に皺《しわ》を寄せたレポーターが、実行犯を自称する男と接触したと言うのだ。

「彼の証言は非常にディティールが細かい。しかし、決定的な証拠はありません」

レポーターが額の皺を深く寄せた。

「彼からテレビ局にテープが届きました」

驚くべきことに自称犯人は、自らの声をテープに吹き込んで、「公表しろ」とせまったと言うのだ。

「ではそのテープを聞いてみましょう」

緊迫するスタジオ。僕もお茶の間で震えた。レポーターの指が、レコーダーのスイッチをガチャッ！　と押した。すると、

「……俺は3億円犯人だ。3億円事件の歌を作った。今から唄《うた》う。聞け」

と、自称犯人は耳を疑うようなことを言ったあと、本当に朗々と唄い出したのだ。

「♪さ～んおくえ～ん　あ～あ　さんお～くえ～ん　さ～んおくえ～ん　あ～あ　さんおくえ～ん」

あれから20数年経った今でも、お経によく似たあの壮絶すぎる歌詞とメロディを忘れることができない。

スタジオではいい大人たちが苦り切った顔で凍りついていた。レポーターは月面のクレバスのごとき深い皺を浮かべて静かに言った。

「……彼が真犯人なら、これは大変なことです！」

まったく大変だ。

'89年に発生した坂本弁護士一家失踪《しっそう》事件は、6年後の'95年、オウム信者による殺害事件

だったことが判明した。この悲惨極まりない事件にも、実は、自称犯罪関与人を名乗る男が存在していたのを読者はご存知か？

雑誌「マルコポーロ」'94年8月号に〝坂本弁護士一家失踪事件『私は拉致《らち》現場にいた！』〟という記事が掲載されたのだ。

元ヤクザのT・Hという人物が、坂本弁護士拉致の現場に居合わせたとある。T・Hの言葉を再構成したもので、書いているのはオウムウォッチャーで有名な江川紹子だ。彼女ほどの人物が「私が、一瞬『これが真相ではないか』と直感した情報」とある。

T・Hの証言によれば、一家失踪事件は、オウム真理教とつながる大物がヤクザに依頼した拉致事件であり、サトウ某、カツモト某というふたりのヤクザが実行犯であった。拉致のとき、坂本弁護士は瀕死《ひんし》の重傷を負った。子供は、事情を知らない第三者に預けられ、今も元気でいるらしい……。

8ページにわたる証言は、ディテールまで細かい。警察も動いた。記事によれば、T・Hは3日間にわたり事情聴取を受け、彼の話を検証すべく大量の捜査員が動員されたそうだ。

しかし、

「裏付けが取れなかった」

とのこと。

'95年、弁護士一家失踪事件は、オウム信者5人による殺害であったと判明する。T・H

5人の信者は、坂本弁護士をこらしめるために侵入。こらしめるだけではすまず、一家3人をその場で殺害していたのだ。大量の警官を動員し、高名なオウムウォッチャーさえグラつかせたT・H証言は、あきらかに大ウソ、であったわけだ。

T・Hは、事件にかかわってなどいなかったのだ。

自称犯罪関与人に過ぎなかったのである。

それにしても不思議なのは、なぜ彼は、自分にとってデメリットにしかならないウソをつく必要があったのだろうか？

「考えれば考えるほど、彼がウソをついてまで事件とのかかわりを私たちに喋《しゃべ》るメリットはあまりない」と江川紹子も書いている。

恐らくそれは、精神病理学的見地からアプローチすべき問題なのであろう。自分はこういう人物だ、と思い込むと人格のすべてがこういう人物に成りきってしまう人が世の中には少なからずいるという。自称犯罪関与人とは、大昔で言うなら、月夜の晩に自分を獣だと思い込んで吠《ほ》えた狼男、あの手の心理状況にある人々のことなのだろう。事件に憑依《ひょうい》されて人格を失ってしまうのだ。

狼男、と言えば、T・Hの登場の仕方にしてからが、まったく怪奇風味であったのだ。

ある夜、江川紹子の家に雑誌編集者から1本の電話があった。坂本一家の失踪事件をよく知る人がいる、とのこと。

「聞いてみると女性誌『クレア』のスタッフが、温泉巡りの取材のため熊本県阿蘇《あそ》郡の地獄温泉に泊まっていたところ、たまたま隣室になった夫婦の男性のほうが、一緒に酒を飲むうちそのような話をしたということだった」

その男がT・H。

地獄温泉！　たまたま隣室！　なんだか思いっ切り安いホラー小説のオープニングみたいだ。この段階で「その男性、明らかにウソ」とわかりそうなもんだけどねー。

「マルコポーロ」はその後、ナチスのユダヤ惨殺は実はなかった！　というトンデモない記事を掲載したために廃刊となっている。

（文中敬称略）

p.s.

'99年、「週刊宝石」に、自称3億円強奪犯人に関する記事が載った。例によって細部までこと細かく、しかし決定的な証拠に欠ける話であった。あの、〝唄う3億円犯人〟と同一人物かどうかは残念ながら書かれていなかった。

「3億円事件の歌」であるが、簡単なので説明しよう。「♪さ〜んおくえ〜ん」は〝ゾ〟のあたりで一直線に、「あ〜あ」は最初の〝あ〟にアクセントをつけて、そして〝ミ〟あたりに下ってもう一度一直線に「さ〜んおくえ〜ん」と唄えばよい。なるだけぶっきらぼうに、お経に近いニュアンスで歌うと本物によりニアーなテイストが出るであろう。

ではご一緒に。ハイ！

「♪さ～んおくえ～ん　あ～あ　さんおくえ～ん　さ～んおくえ～ん　あ～あ　さんお～くえ～ん　さ～んおくえ～ん　あ～あ　さんおくえ～ん　さんお～くえ～ん　あ～あ　さんおくえ～ん　さんお～くえ～……」

着メロにインプットするとオシャレでしょう。

携帯電話普及、やがてウェポン化!?……'95年

'95年、携帯電話が日本全国に普及。

もっと前からとっくに普及してただろうって？　オレが初めて携帯を買ったのが'95年なので、この年ということにしておいてくれ。

そのころ、オレは恋をしていて、「あの娘がTEL入れてくれないかしらん」と思って買ったのだ。そしたらかかってこない上に1週間でタクシーに置き忘れて失くした。恋も破れてな。

そんなことはさて置き、'90年代における携帯の普及は凄《すさ》まじかった。'99年現在では、持っていない人を捜すほうが困難なくらいだ。'90年代初頭には予想もできなかった状況である。そのころに見たテレビのどっきり番組で〝もし、街の中を電話をかけながら歩いている人がいたら〟という企画があったくらいだ。香港で携帯電話が大流行のきざし、というニュースを受けてのものであった。タレントが原宿の表参道を携帯でしゃべりながら歩くと、道行く人々が「ん？　電波系か？」。まだ電波系という言葉はなかったけれど、本当にギョッ！　とした顔をして振り向いていた。

携帯自体の機能も恐ろしく進歩した。

湾岸戦争のころを舞台にしたコーエン兄弟の映画『ビッグ・リボウスキ』を観ると、主

人公がティッシュの箱みたいにでかい携帯を持っていて笑える。さらに金八先生の鞄《かばん》ぐらい大きな充電器を肩から提げているのだ。もちろん通話以外のことでは使用できない。『ビッグ・リボウスキ』の時代設定から10年足らずで携帯は加速度的に進化を遂げた。今じゃメールからネットから占いまでできるそうだ。携帯電話に占ってもらう人生って一体なんなんだろう？　果たしてこの先さらにどのように進化していくのであろうか？　テレビモニターがつくとかパソコンの代わりになるとかいろいろな話を聞く。

オレも携帯の進化については常々考えていたことがあるのだ。この予想、外れないと自負している。当たる。確実。発表しよう。

携帯電話は武器化する！

絶対にそうなると思うのだ。

武器の歴史を紐解《ひもと》けば明白だ。

沖縄空手の三大古武器であるヌンチャク、サイ、トンファーは、いずれも、もともとは農耕器具であったと言われている。世相が混乱したとき、刀剣を持たない民衆は、自分が日ごろより使い慣れた、そして常時携帯している道具を武器として使用したのだ。『酔拳』の瓢箪《ひょうたん》も同じ理由で武器化した。

世相の混乱に、使い慣れた、常時携帯のアイテム。

これを現代に置き換えた場合、当てはまる道具が携帯電話をおいて他に何があろうか？

読者よ、試しに貴方の携帯をじっくり見てもらいたい。実に、武器としてよくできていることに気付くだろう。

普通に持って小刀のごとく突いてよし、打ってよし、受けてよし、逆手に持ってアンテナ部分を突き降ろすもありだ。スナップを利かせてストラップをムチのように打ちつけるのも効果的だ。反対にストラップを握り本体を拳《こぶし》の底部でグルリと回したならこれはトンファーの動きそのものだ。

投げれば手裏剣。アンテナの先に鉄球を当てがいパチンコの要領でビョ～ンと飛ばしてみるのはどうか？　暗闇で襲ってきた相手に対しては表示部分のライトを点《つ》けて目つぶしだっ！　ふたつつなげたらもうヌンチャクだ。多忙なサラリーマンなら携帯を三つ持っている者もあるだろう。全部つなげて三節棍《こん》にすればよい。家中の携帯を集めて七節棍を作り、ブウンブウンと振り回して泥棒を追い払ったなら、パパは一家のヒーローだ。

いっそ中身をくりぬいて吹き矢にしてしまったらどうだろうか？　それじゃ電話がかけられない？　なーに、糸でつないで糸電話にすればよいじゃないか。

まーそんなことにまではならんであろうが、常時携帯する庶民の道具がやがて武器化していく法則に、携帯電話も必ずや従うことになるであろうと思うのだ。

若者から火が付くはずだ。

チーマーとかヤンキーを相手にした〝携帯武器化パーツショップ〟が渋谷《しぶや》のセンター街あたりにガンガンできると思われる。マイ携帯にスタンガンを取り付けたり、シャープを2回押すと底部からナイフが飛び出したり、もっと単純にメリケンサックを付けたり、男

▶これがオーケンデザインのケータイ！ メリケンサックなど、各種武器を搭載した素晴らしいケータイ。バカ売れ必至!? これをネタに、ばっちりビジネスチャンスをつかもう！

の「スパイ大作戦」的な夢を具体化する携帯武器化ショップ。

この商売絶対繁盛すると思うのだ。

ヤンマガの裏とかに広告打って通信販売してもバンバン売れると思うね。

「当たると死ぬ！ 分銅ストラップ」

「催眠スプレー噴出アダプター発売！ 悪用しないでください」

なんてのを売り出したら地方の頭の悪そうなやつは大体買うんじゃないだろうか。

2000年代には、深夜のコンビニの前で武器化した携帯を振り回してケンカする若いやつが大量発生するだろう。

ともかく、携帯電話武器化は確実であり、武器化パーツアップショップ大繁盛も確実である。

リストラで路頭に迷っている人は早速

始めてみてはどうか？　儲《もう》けたらおごれよな。

有名フォーク歌手麻薬で逮捕……'95年

'95年、フォークシンガーの長渕剛が麻薬所持で逮捕される。

'90年代中、さまざまな有名人がクスリが原因でお縄をかけられたものだ。オレ？　いやー運よくオレは大丈夫だったよー。ベッドの下に隠しといたら見つからなかったよー。アッハッハー……って、やってねーっつーの！　大体ベッドの下ってそりゃエロ本かよ！　ひとりでボケてひとりでつっ込んでますけども……。

'99年にはポップスシンガーの槇原敬之や、元フォーリーブスの江木俊夫が薬で逮捕されている。

江木俊夫は口説き中の女性のグラスに覚醒剤《かくせいざい》を混入したとのこと。前後不覚にして行為に及ぼうとしたのではないかと見られている。ところが江木はこれを否定。覚醒剤を入れた理由を裁判で次のように語った。

「女性が酔いつぶれて眠そうだったので、目を覚まさせてあげようと思って入れた」

なるほど考えてみれば覚醒剤とは本来が眠らぬための薬だ。酔いつぶれて風邪など引かぬようシャキッと目を覚まさせるための、言わば善意の薬物混入だったとは。いい人だっ！　さすがは幼少時にマグマ大使とともに地球を守り抜いた男だけのことはある。感涙ものだ。

しかしどうしたことか、江木の証言に対し検察官からは「バカ言うな！　全然反省してないじゃないかっ」とのつっ込みが入ったそうで、善意とはなかなか人に伝わらぬものである。

♪ニッチもサッチもどうにもブルドッグ　ハッ！　ということなのか。

江木さんのブルドッグ発言を、僕は生で聞いたことがある。

友人の結婚披露宴に出席したときのことだ。そこに江木俊夫も来ていた。スピーチを求められた彼はマイクを持つや、

「……新郎が、おりも政夫に似てますね」

と言った。言ったと思ったら、そのまま着席してスピーチを終わらせてしまったので、本当にビックリした。

新郎が、おりも政夫に似てますね。

改めて書いてみるとこれはまるで俳句だ。

「目を覚まさせてあげようと思って……」

と同様に、トンチが利いているのだかその場しのぎなのかさっぱりわからぬながらも、宇宙的なトリップを感じさせる言語感覚で恐れ入った。

恐れ入ったと言えば、この日やはり会場に来ていた清水健太郎のパフォーマンスにも言葉を失くした。彼もまた'90年代中に薬物でつかまったことがある。その日の彼は、〝出て来て間もない〟非常にレアな状況にあった。

司会者が彼の名を呼ぶと、会場に'80年代風のディスコビートが流れ出した。スックと立ち上がった清水健太郎。マイクを握り、朗々と唄《うた》いだした曲はズバリ「失恋レストラン」なのであった。

まーそりゃシミケンといったらそれだろーけどさ、結婚式で唄うのはどうだろうね。僕ひとりのみならず会場中の誰しもがそう考えたことであろう。彼はノリノリで、なんと会場中をねり歩いて「失恋レストラン」を唄いまくったのであった。

それは何度もドン底を見たであろう芸能人の、それでも尽きない破れかぶれの上昇志向を放射しまくる、これまた宇宙的トリップのパフォーマンスで、異常な光景ではあったが、無茶苦茶にかっこよかった。シド・ヴィシャスの「マイ・ウェイ」のようだった。

「失恋レストラン」終了。清水健太郎さんは瞳《ひとみ》を潤ませ感極まった表情でまだ立っている。と、司会者が言った。

「もう1曲唄っていただきましょう!!」

なんの会だかわけわかりません。

で、もう1曲唄ったのだ。もちろん会場中をねり歩いてだ。やっぱり宇宙的なトリップであった。

……僕は今ではアンチ・ドラッグの人間ではあるが、20代の前半はラリパッパというものにかなり憧《あこが》れたものだ。

ペヨーテというサボテンに、メスカリンの効果があると知り、花屋に買いに行ったことがある。日本では〝うばたま〟という名前で観賞用に販売されているのだ。ジューサーでペースト状にして、鼻をつまんで一気に飲んだらこれがマズかった。胃腸薬のサクロンそのものの味がするのだ。さらにトリップはおろかあまりのマズさにゲーゲー吐きまくっていいことひとつもなかったですよ。

「バナナの皮を干すと大麻と同じ効果を生む」という噂があって、バナナ大量に買って来てベランダで皮を並べたこともあった。

でもアレ嘘だ。まったく何も起こらず僕はバナナの食べ過ぎでまたゲーゲー吐いた。

バナナの皮を干したものを丸く固め、アホの友人に「マリファナさ」と言ってプレゼントしたことがある。後日現われた彼は「スゲー効くっすよー！」とうれしそうに言うのだが完全に気のせいというものだ。

「タバコの『わかば』と混ぜるとなお効くぞ」と口からデマカセを言うと満面の笑みで去って行った。もし読者の近所にバナナと「わかば」を大量に買い込むモヒカン刈りの男がいたならそれは僕の友人のアンドー君だ。「アホ」とひと言つっ込んであげてください。

（文中敬称略）

シャーロック・ホームズ登場110年……'97年

'97年は、名探偵シャーロック・ホームズが世に登場してちょうど110周年にあたる年であった。

110年とはちょっと中途半端だし、今時ホームズの110年を祝おうという輩《やから》もあまりいないだろうと思えばとんでもない。登場110周年を記念して沢山の刊行物が出版された。マンガ版ホームズなどは小学館、くもん出版の2社からシリーズが'96年より刊行開始。一部でホームズは大いに盛り上がっていたのである。

大槻的にも'97年はホームズがマイブームであった。ふと自分の読書遍歴を振り返ってみようと、生まれて初めて寝食を忘れて没頭したコナン・ドイルの『緋色《ひいろ》の研究』を再読したところベラボーにおもしろくて、またしてもすっかりはまったのだ。

ホームズシリーズを再読して何がおもしろかったかと言えば、ホームズのぶっ飛んだキャラクターにつきる。彼、名探偵というにはいささか人格的に疑問がありすぎる人物なのだ。

たとえば短編『恐喝王ミルヴァートン』においてホームズは、社交界の醜聞で金をもうける男ミルヴァートンを捕らえるべく、彼の屋敷へ潜入を試みる。方法は用意周到だ、鉛管工になりすまし、ミルヴァートン家の純朴な下働きの娘に近づき、結婚の約束を餌に彼女から悪人の部屋の場所を聞き出した。やったね！　さすが名探偵ホームズ！　って、オイオイ。それって結婚サギじゃないの。ミルヴァートンよりお前の方がよっぽど悪いっつーの。

また短編『入院患者』にはこんな記述がある。悪人の癲癇《てんかん》発作を仮病と見抜いたホームズの一言。

「癲癇を仮病に使うなんて、わけないことだ。僕だってやったことがある」

あー!?　やるなーそーゆーことを！

これは相当に悪いことである。さらに、名作『バスカヴィル家の犬』の中では、友人の死体を見つけるやいなや助手のワトソンの手を〝痛いほど強く握って、笑いころげながら踊りまわったり〟もしている。

なんかアブナイ薬でもやってんのかホームズ？

やっていたのである。

長編『四つの署名』のオープニングは、ホームズのドラッグ皮下注射で始まる。

「コカインさ。7パーセントの液だ。君も1本どうだい？」

ノッケからこれ。ではラストはどうなるのかと思えば、せっかくの手柄を警察に取られたホームズ、少しも気にせず次のようなことをワトソンに言う。

「大丈夫、僕にはコカインがある」

よっぽど好きなのか？　好きなのだ。短編『悪魔の足』では、死の危険も承知の上で、強力なドラッグをわざわざ体験してバキバキにトリップした。ショック死寸前をワトソンに助けられる。ちなみにこのシーン、英国グラナダテレビで制作されたドラマではケン・ラッセルふうサイケ映像となっていて必見である。

ホームズと薬の関係はなかなかに興味深い。短編『最後の事件』は、ホームズが悪の帝王モリアーティ教授の襲撃から逃れるため、ワトソンと共にエンエンと逃げまわる、ただそれだけの話で、なんだかホモの旅日記を読むようでちっともミステリーになっていない。実は、作者のコナン・ドイルがこれを書いたときにコカイン中毒の状態にあったとの説がある。中毒の一症状である追跡妄想をモリアーティ教授として擬人化し、ただひたすらホームズが追いかけられるという奇妙な小説を書いたのではないか？　と推理するホームズ・マニアもいる。

こんなラリラリ小説を今も世界中のチビッコたちが胸躍らせて読んでいるのかと思うと末恐ろしい。

それにしても、ホームズに限らず、オタク心をくすぐるアイテムにはいくつかの共通点があると僕は考える。

少年期に接すると、理知的で大人びたものに感じる。物心ついたころに「なんかガキっぽいじゃん」と思い、一度足を洗う。大人になってまたなぜか出会ってしまう。そうすると、「ガキっぽい」ではすまされない矛盾点や狂ったようなアホらしさに目からウロコが10枚落ちる。

しかし「だまされてた！」との怒りは湧かず、むしろ、こんなものにはめられていた少年期の自分が可愛くなり、だましてくれた対象に感謝のような心が生まれる。そして自分の人格を形成したバカ対象とは果たして何だったのか調べたくなる。調べはじめると、バカな話の裏や奥に潜む意外な事実につき当たり、ズッポリとはまってしまうのだ。

コナン・ドイルの親戚《しんせき》の中には、妖精《ようせい》の絵を描く画家の男がいた。そしてコナンの父親チャールズは、アル中で妖精の幻覚をよく見る男だった。

コナン・ドイルは英国の心霊研究に深く関心を示し、妖精の写真を撮ったと主張する少女たちを、断固として信じ弁護した。

妖精という極めてサイケデリックな存在に代々かかわり続けたドイルの一族。その中のひとりが、ドラッグ中毒の名探偵を創始したなどとはおもしろい。

もっとくわしく調べたなら、さらに奇妙な事実が山と出てくるのであろう。ホームズの一見バカな行動の裏や奥に潜む謎に、登場から110年の時を経てはまった。

（文中敬称略）

知ってた？ 成人映画が「ぴあ」よりフェイドアウト……'97年

'97年3月31日号を最後に、「ぴあ」から成人映画紹介のページがなくなった。

問い合わせたところその理由は、読者のアンケートを見ても、成人映画に対する反応がまったくなく、必要なしとの判断によるものとのこと。

「ぴあ」誌では、'92年より成人映画を一般映画と区別して別わくで紹介するようになっていた。

この時からすでに、多くの人々にとってピンク・ポルノ映画は映画にあらずと判断されていたのだろう。

なんとも口惜しい。'60〜'70年代にはカウンターカルチャーとして、'80年代には新人監督の修業の場として、立派にスタンスを築いていた成人映画が、'90年代には映画としての認識すらなされなくなってしまったのだ。

ほかの情報誌にも今や成人映画の紹介はない。

多くの人にとって映画はデートや流行の1アイテムとして必要なだけなのであり、題名だけでさえフリークな存在であるピンク・ポルノ映画は、存在してはいけない映像なのだろう。

フリークを〝存在しないもの〟として排除する社会の行く末はなんだろう？

フランク・ザッパがいくら「フリーク・アウト！（異形であれ！）」と叫んだところで、大衆は他者との同一化によって生ぬるい平和にひたろうとする習性にあり、成人映画が「ぴあ」で区別化され、そしてついに消滅したことは、生ぬるい平和が漂った’90年代を、象徴する事件であった。

’80年代、僕はチャリンコに乗って都内アチコチのポルノ映画館へ通っていた。タイトルのいくつかは今でも覚えている。『乱行同棲《どうせい》・まわす』『ピンクカット　太く愛して深く愛して』『キャバレー日記』『女高生・偽日記』『変態家族兄貴の嫁さん』……。監督は順に高橋伴明、森田芳光、根岸吉太郎、荒木経惟《のぶよし》、そして周防《すおう》正行である。いずれも今や巨匠だ。ほかにも井筒和幸、滝田洋二郎……挙げたらキリがない、現在の人気監督たちの初期作品は多くが成人映画であった。僕はその情報を、いつも「ぴあ」の映画コーナーでチェックしていたのだ。

フリークを存在しないものとする社会は、生ぬるい平和を共有しようとする作業の中で、これから現われるであろう才能の初期衝動さえも闇に消し去ってしまうのだ。

と、真面目に憤ればこんなところだが、単純に、「ぴあ」から成人映画のタイトルがなくなったことは、読みものとしての面白さ激減で残念だ。

成人映画には秀逸なネーミングが多く、読んでいるだけで楽しかったのに。

『秘本むき卵』

『穴の匂い』

『お姉さんの太股《ふともも》』

『聖子の太股』

『三日三晩汗だらけ』

『痴漢電車感じるイボイボ』

『どすけべ付き添い婦・さわっていいのョ!』

『喪服妻奥義・腰は〝乃〟の字で』

『テレクラ売春・パパ、私を買って!』

古い「ぴあ」からいくつかを抜粋してみたがイヤーいい感じじゃないですか。

AVのタイトルとはまた違って、成人映画の題名には独特のわびさびがある。俳句を読むようだ。

『節子の告白　あれは遊びよ』

なんてのはもう尾崎放哉《ほうさい》ではないか。「せきをしてもひとり」とか「足の裏洗えば白くなる」といった達観の境地にある……ような気がする。

言われてみればそんな気もする……というのも成人映画タイトルの大きな魅力であろう。

〝どすけべ付き添い婦〟という職業が果たしてあるのか? と思いつつも、彼女に「さわっていいのョ!」と言われてみれば「はぁ、ではひとつ」と乳のひとつももみたくなるではないか。〝喪服妻〟になぜ〝奥義〟が必要なのか? と頭を悩ませたとしても、「腰は〝乃〟の字で」と言われたならば、「はぁ、じゃあまあひとつ……」と、グラインドさせてみたくなるのが正しい男道というものであろう。

こういった言葉のフリークが'97年までは「ぴあ」に存在していたのだ。'92年までは一般映画と同じページに並んでいたのだ。

たとえば'91年12月20日号では、池袋シネマ・セレサ上映の『未来世紀ブラジル』『ブレードランナー』の文字の下に、シネロマン池袋上映成人映画のタイトルがドーンとこうあった。

『大巨乳のしかかる』

主演は松坂季実子。大名作SF2本立てと並べて一歩も引けをとっていない。いや、3本が並んで初めて生まれる視覚効果の妙がある。グループ感がある。

ほかにも『ロザリンとライオン』の下に『痴漢と覗き』であるとか、『七人の侍』の下に『朝まで生いじり』などなど、たまらぬマッチメイクが目白押しだった。

フリーク文化を消さぬためにも、誌面をおもしろくするためにも、成人映画紹介が「ぴあ」に復活することを強く願う。

ちなみに「ぴあ」掲載ラスト成人映画のタイトルは『コギャル・コマダム・人妻・美熟女／淫乱《いんらん》謝肉祭』。宇都宮オークラにて、夜間割引500円、とある。

（文中敬称略）

酒鬼薔薇聖斗とキラーアンドローズ……'97年

＊97年5月27日早朝、神戸市須磨区内の中学校正門前で小学生の頭部が発見された。兵庫県警は6月28日、被害者と顔見知りの中学3年生の少年を逮捕。残忍な犯行手口が全国に強い衝撃を与えた。

神戸市須磨区で起こった土師淳くん殺害事件は、首を切断するという猟奇事件であった上に、酒鬼《さかき》薔薇《ばら》聖斗《せいと》と名乗る人物から警察に対する挑戦状が送りつけられた。狂気の出来事に社会が震撼《しんかん》した。

人々はこぞってにわか探偵と化し、寄ると触ると酒鬼薔薇の正体についてそれぞれの勝手な推理を語り合った。

酒鬼薔薇聖斗の挑戦状は、難解な言葉と稚拙な文章が交錯する不思議な文体で、どんなキャラの人物が書いたのか特定するのは困難を極めた。結局、14歳の少年の筆によるものだと後にわかるのだ。まさか中坊の仕業とは夢にも思わなかった大人たちは、今にして思えばまったく的外れな人間たちを酒鬼薔薇聖斗の正体に当てはめていた。

その中でも興味深い〝推理〟はこれだ。

事件発生直後の「日刊スポーツ」に〝犯人真似た!? アルバム『鬼薔薇』〟という見出

しで関西のアマチュアバンド、キラーアンドローズについての記事が載った。

大阪のデスメタルバンド、キラーアンドローズが数年前に『鬼薔薇』という自主制作レコードを1000枚発売。その歌詞の中にある〝腐った野菜〟〝責念の大怨《だいおん》〟といった言葉は酒鬼薔薇聖斗の挑戦状と奇妙な一致を見た。このことから「捜査本部では『酒鬼薔薇聖斗』との関連を注目。メンバーの所在、流通先の確認を急いでいる」と記事にある。

この報道には僕の周りのミュージシャン連中が騒いだねー。

「おいキラーアンドローズってバンド知り合いにいない？」

「キラーメイなら対バンしたことあるぞ」

「インディーズだってよ、よもやナゴムじゃないよな？」

「探せば絶対知り合いいるよ。オレら酒鬼薔薇の友だちかもよ」

「でもなー、単語似てるったってデスメタルの歌詞なんてみんな同じようなもんだぜ！」

酒鬼薔薇とキラーアンドローズが同じ言葉を使用していたのは、何のことはない、〝元ネタ〟が一緒だったからなのだ。

両者はそれぞれ、米国の猟奇殺人事件に関する本を参考にして文章や歌詞を書いていたようなのだ。また、宮下あきらの『瑪羅門《ばらもん》の家族』というマンガも両者共通の元ネタとの説があった。

かの『エヴァンゲリオン』がそうであるように、'90年代の文化には過去よりの引用、コラージュが多用される傾向があった。14歳猟奇殺人犯の挑戦状までが引用、コラージュ多用とは実にわかりやすい。当時は衝撃だった酒鬼薔薇の文章も、2000年が近付いた今にして思い返せばベタベタの'90年文体と言えるかもしれない。

それにしても可哀そうなのは、元ネタが同じだけで疑いをかけられたキラーアンドローズである。

大阪のアマチュアのデスメタルっつったら大方想像がつく。きっと派手な容姿とは裏腹にロックに対してクソ真面目な好青年に間違いない。バイトはコンビニか、でなけりゃ道路工事の交通整理だ。もちろん深夜だ。バイト徹夜明けの眠い目をこすりバンドの練習に行こうと御堂筋《みどうすじ》線に乗り込んで、キヨスクで買ったスポーツ新聞で新日本プロレスの昨日の試合結果を読もうと開いたらドドーン！ あれ〜⁉ オレのバンドって酒鬼薔薇ァ⁉

こんなショックがあるものか。NHK記者がパソコンでキラーアンドローズ情報を求めているとの記事も「日刊スポーツ」に載った。あんまりだ。警察もNHKもロックの歌詞などたいがい似たり寄ったりで、元ネタも使い回しが多いことをもっと認識してほしいもんだ。

キラーアンドローズ以外にも、挑戦状の字体と中国の簡体字が似ていることから、犯人は中国に詳しい人物に違いない、とトンチンカンな推理をかます人物もその後に現われた。単に字が下手なだけだったのにね。

かく言う僕も、あの頃、破茶目茶な犯人像を自信を持って推理していたのだ。こうだ。

「犯人は榊原《さかきばら》郁恵のファンである‼」

いや、怒らんで欲しい。真剣に思っていたのだ。

酒鬼薔薇が引用好きだということから、何よりまず酒鬼薔薇聖斗という名前こそが何かの引用であると考えたのだ。

〝サカキバラ〟といって世の中の人々が100人の内100人思い付く言葉といえば……そりゃ〝イクエ〟に決まっておるだろう。

〝石松〟といえば〝ガッツ〟。〝サカキバラ〟ならそりゃ〝イクエ〟だよ。〝聖斗〟は〝生徒〟だろう。榊原郁恵主演のドラマ「ナッキーはつむじ風」はマンガ『生徒諸君!』が原作。アレから来とるんだよこれは。いやけっこうネーミングってそこら辺の発想で付けるもんだよ。間違いない。酒鬼薔薇聖斗の正体は郁恵ファンの青春時代を送ったサイコ野郎だ。「夏のお嬢さん」も「いとしのロビン・フッドさま」もフルで踊れるに違いないぜ! 次は渡辺徹の命が危ない。今の内に郁恵ファンクラブの過去のリストを洗うべきだ!

と口角泡飛ばして人々に語っていたものだ。なんたる迷推理。

でも誰か、14歳少年に「お前、若い割に実は郁恵ファンだろう」と尋ねたやつっているのか? 意外に……。

(文中敬称略)

p.s.

オレは今でも酒鬼薔薇聖斗のネーミングは榊原郁恵から来ているんではないかと考えている。だってサカキバラっていったらイクエ以外につながる言葉はないだろうよ。ファンにしては歳が合わない？　いやいや'97年といえばアイドルお宝発掘ブームが始まったころじゃなかったっけ？　今にして昔のアイドルファンになることもあるし。熟女フェチとかさぁ。う〜ん、どうかなー、誰か〝酒鬼薔薇〟に訊《き》いてみてくれないかなぁ。

先日、オレは榊原郁恵さんと対談した。終了後、尋ねてみた。

「あの、酒鬼薔薇事件の時、郁恵さんにコメント求めに来た記者とかいませんでした？」

「は？　何のコメントですか？」

「いや、〝サカキバラ〟っていう名前って珍しいじゃないですか、そんで、その関連性というか、もしかしたらヤバいファンが郁恵さんの名字を元ネタに使ったのかもしれない……と」

「……いや〜、そんなこと訊いてくる人は、さすがに誰もいませんでしたよ〜」

やっぱりオレだけでしたか。

ちなみに和歌山毒カレー事件はコナン・ドイルの『白銀号事件』を元ネタにしたんじゃないかとオレ思うんだけどちがうかな〜。

UFOカルト「ヘブンズ・ゲート」集団自殺事件……'97年

とんでもない事件もあったもんだ。

米カリフォルニアで起きた宗教信者集団自殺事件である。

新聞の報道を要約すればこうなる。

「神学校出身の元オペラ歌手、マーシャル・アップルホワイトを指導者とする宗教組織『ヘブンズ・ゲート』の信者39人が、アップルホワイトの教えに従い集団自殺を遂げた。彼らはインターネットによって指導者の指示を仰いでいた。アップルホワイトは'70年代から、UFOへの搭乗と理想郷への脱出をエサに信者を集め、活動を続けていた。今年地球に接近するヘール・ボップすい星こそがその最重要アイテムであるとし、すい星と共に現われる宇宙船に乗り込むためには、まず死ななければならないとホームページを通じて説き、信者38人と共に自らの命を絶った……」

果たして世の中にこれ程異常な出来事があってよいものか。

事件そのものに驚くのは当然のこととして、恐らく、多くの人々は、「宗教的UFO団体」というものの存在にも仰天したのではないだろうかと思う。

「宗教的UFO団体」などというものが世にあるかと言えば、実は、結構あるのである。これからいくつかの代表的な宗教的UFO団体を紹介するが、お断りを入れておきたい。

断じてそれらがヘブンズ・ゲートのように狂信的だとか危険だというのではない。

最も古くからある宗教的UFO団体は「GAP」ではないかと思う。東洋哲学などを学んでいたジョージ・アダムスキーなる人物が、'50年代にアメリカの砂漠で金星人オーソンと出会い、宇宙船に乗ったと主張。彼の著した『空飛ぶ円盤同乗記』は大ベストセラーとなり、彼を信奉する人々が「GAP」を名乗った。金星に生物の存在はあり得ないということが科学的に立証された現在でも、団体は存続しているようだ。我が国にもしっかり「日本GAP」が存在し、機関誌「UFO contactee」を発刊している。「妻の難病をUFOが救った!」といった記事がドーン！と掲載されたりする、実にファンタジックな本である。

'50年代日本には、「CBA」という、宗教的UFO団体があった。UFOを呼ぼう、と提唱し、相当数の会員を集めた。「CBA」に傾倒した作家もいて、「CBA」を題材に小説まで書いている。三島由紀夫だったりなんかする。三島の小説『美しい星』が宗教的UFO団体についての物語であるという事実は、UFOマニアには有名な話。「CBA」は、世界の終末と信者のみの宇宙船による脱出を説き始めたあたりで、消滅した。終末の時には信者たちに「リンゴ送れ、C」という暗号が伝達されることになっていたという。「CBA」については、'70年代の大オタク雑誌「地球ロマン」(絃映社)復刊第2号に詳しい。興味ある方は古書店を捜してみるとよい。ちなみに大槻はこの本を、『サルでも描けるマンガ教室』などで有名な作家の竹熊健太郎さんにお借りしたまま……そういえばお返ししていなかった。

フランス人、クロード・ボリロン・ラエルは、「地球人は宇宙人エロヒムによる遺伝子操作によって作られた。そのことを著した本こそが『聖書』だ。〃父〃たるエロヒムが来られた時に失礼のなきよう、エルサレムに宇宙大使館を造ろう」との主張を掲げ、ラエリアン・ムーブメントを設立している。

ラエリアンは現在も活動さかんで、日本中あちこちの電柱にビラや看板を見ることができる。

他にも、米国のみならず日本のいたるところに、規模こそ違えど宗教的ＵＦＯ団体は存在しているのだ。

ヘブンズ・ゲートのごとき明らかな狂信カルトは別物であるからあっちに置いておくとして、信じることは自由であるし、金星人だろうとエロヒムであろうと、信じることで心が落ちつき平和な気持ちになる人がいるのなら、それはそれってやつであろう。

ただ。

宗教的ＵＦＯ団体に属する人々に対し、僕はひとつ、いつも思うことがある。

「この人たちは、ＵＦＯに関する本を１００冊以上読んだことがあるのかな⁉」

ＵＦＯに関する本は、肯定的なものだけではない。ＵＦＯ現象の存在は認め、ではその現象がなぜ起こったのかを、あらゆる側面から合理主義で考え、答えを導き、超常現象を、常現象として解明してみせる懐疑派の本も山とある。１００冊も読めば、何冊かはそういう本にぶつかるはずだ。

UFOを、ある意味「御本尊」と奉る団体に属するなら、その前に、せめて100冊はUFOに関する本を読んだらいいのになあ、と素朴に思う。

かつてUFOマニアだった僕は数百冊のUFO関係本を読み、その結果いかなる宗教的UFO団体にも属さなかった。

世の中にはさまざまな考え方がある。信じるものを決めるのは、最後は自分だ。

’90年代オーケンの音楽活動……’98年

’90年代の大半を、僕は音楽に費やしてきた。しかしどうも世間の認識は違うようだ。現在の僕は〃顔にヒビを入れた〃〃たまにテレビに出る〃人間であり、「本書いてますよね、読みました」と言われることの方が「CD買いました」と言われることより多かったりして。それどころか「もう音楽はやめたんですよね」とキッパリ断言されてしまうこともあったりして。’98年の正月に出たテレビ番組では隣席に座った寺尾聰が僕に語りかけてひと言。

「大槻さんはもう音楽はやめたんですよね」

キッパリと笑顔で断言されたものだ。ふふっ、寺尾聰さんに音楽活動停止を断言されるミュージシャンなんてオレぐらいのものだろう。

などと変な感心している場合ではない。

長渕剛にも言われた。

極真空手大山派の世界大会を観戦に行ったところ、隣席に長渕剛さんとその御子息が居た。小学校低学年と思われる長渕Jrは僕をジッと見て「お兄ちゃん、幽霊って見る？」と聞く。可愛いので「うん見るよ」と調子を合わせ怪談話を聞かせていたら、Jrの背後から何やら重低音がむむむむむうっと聞こえてきた。

「おおつきさんでぇぇすかあああっ？」

ド迫力ウーハーの主は長渕パパであった。

「あ！　ごあいさつ遅れました大槻ケンヂです」

「ど〜も〜、な〜が〜ぶ〜ち〜で〜す」

子供を間に深々とお辞儀をすると、長渕パパは言った。

「おおおおつきさんはああああああっ……」

「は？」

「も〜音楽はやめたんですよねえええええっ」

「……いえ、やっているんですけど」

「……こいつはあああああ……しつれえええええいいいいっ」

謝る姿がまた怖そうであった。

帰り際に長渕Jrは「またテレビで心霊写真の話してねー」と言って僕に手を振った。

心霊オーガナイザーの池田貴族と間違われていたようだ……。

読者にミュージシャンとしての僕を認識してもらうために、そして長渕Jrに大槻ケンヂと池田貴族氏の区別をつけてもらうためにも、'90年代に僕が発表したCDをここで一挙公開しようと思う。

信じてくれ！　オレはミュージシャンなんだ！

筋肉少女帯名義作品全14枚

『サーカス団パノラマ島へ帰る』('90)、『月光蟲』('90)、『断罪！　断罪！　また断罪!!』('91)、『エリーゼのために』('92)、『筋少の大車輪』('92)、『UFOと恋人』('93)、『筋少の大水銀』('93)、『レティクル座妄想』('94)、『ステーシーの美術』('96)、『キラキラと輝くもの』('96)、『筋少MCAビクター在籍時ベスト&カルト』('96)、『最後の聖戦』('97)、『SAN FRANCISCO』('98)

大槻ケンヂ名義全3枚

『ONLY YOU』('95)、『I STAND HERE FOR YOU』('95)、『わたくしだから』('96)

アンダーグラウンド・サーチライ（UGS）名義2枚

『スケキヨ』('98)、『アヲヌマシズマ』('98)

書いていて腹が立ってきた。18枚だぜ！　18枚だよ！　'90年代に18枚ものアルバムをリリースした男がなぜ「やめたんですよね」と断言されなければならないのか。今度長渕剛に会ったら「奥さんもう女ドラゴンやめたんですよね」と逆に断言してやる。まるで意味が違うし実際やめてるし絶対に言えないけど。

寺尾聰には、「そうね誕生石ならルビーですよね」と断言してやる。これもまた主旨が違いますね。

SF作家の山本弘さんの奥様は僕を小説家だと思っていたのだそうな。テレビに出ても唄《うた》っている姿を見たことがないのがその主な理由とのこと。そういえば、僕もテレビで唄った記憶というのがほとんどない。最後のテレビ〝歌手出演〟は、たしか数年前の「スーパージョッキー」ではなかったかと思う。熱湯コマーシャルの直後に1曲唄ったのだ。収録後、マンガ家の蛭子能収さんが僕にヒソヒソと耳打ちした。「大槻さん、こんな番組で唄うの、恥ずかしいですよう」そう言った彼の姿は番組内のコントのためブルマー一丁なのであった。ブルマー一丁の漫画家に「恥ずかしい」と断言されてしまうオレ。それでもミュージシャンなのさっ!!

（文中一部敬称略）

'90年代爆睡映画大賞候補作『ねじ式』公開だっ！……'98年

あのご夫婦には、いつかおわびをしなければいけない……と思っていたのだ。ご夫婦とは俳優の浅野忠信さんと歌手のＣｈａｒａさんのことである。数年前、ご夫婦にはとても申し訳ないことをしてしまったのだ。

その原因の一端は我が父にある。うちの父親は数年に１度の割合で「オレはガンだ。もうすぐ死ぬ」と言い出す困った男だ。その度に息子を呼び出し親戚《しんせき》とのつき合い方とか土地管理のレクチャーを始める。こちらも慣れたものでテキトーに聞き流しているのだが、あるとき「もうすぐ死ぬから１度酒を飲みに行こう」と飲み屋に連れていかれてしまったのだ。心配性の親父と何の話をしろと言うのか。これは酔っ払わせて逃げてしまえとガン父のグラスに酒をついだところ、不治の病であるはずのこの男やたらと酒に強い。気付いたときにはこちらがベロベロ。ガン親父はすっかりいい塩梅《あんばい》で帰っていった。千鳥足で帰宅した僕は酔った勢いでＣｈａｒａさんの家に電話。迷惑そうな彼女の声を耳に入れようともせず、一方的に１時間近く〝オカルト〟について機関銃のようにしゃべりまくった(恥)。

「いや〜チャラさんね〜、小学館のオカルト雑誌『ワンダーランド』はスゴイ。あと、今、『秘教科学』ってのがいっちゃってますよ〜」

お前の方がいっちゃってますよ。'90年代日本オカルト史の中でもかなりコアな話題たっぷりの60分だから彼女もさぞやつらかったであろう。受話器の向こうで「はぁ……あ、そうなんですか……はぁ」とチャラさんの「弱っちったな〜」という声。あー思い出す度に顔から火が出そうだ(恥)。チャラさんあのときは本当にごめんなさい。たしか彼女が浅野忠信さんと結婚したばかりのころだ。

新婚家庭に酔っ払って電話して秘教科学の話を60分しゃべりまくるなど、本当にオランウータンにお尻《しり》ペンペンされても文句の言えぬ失敗だ。いつかご夫婦に謝りたいものだと考えていたところ、浅野氏主演映画『ねじ式』の宣伝チラシ用推薦文の依頼が来た。おお！ これはベタぼめしてせめておわびの代わりに、と思い即OK。早速公開前にビデオをもらい観た。

……………困ってしまいました。

原作はつげ義春の言わずと知れた不条理マンガの金字塔『ねじ式』だ。監督は、これまた言わずと知れた不滅カルト映画『江戸川乱歩全集 恐怖奇形人間』('69)の石井輝男。そして主演は我らが浅野忠信さんである。完成前から目の覚めるような名作の予感がビシバシではないか。

ところが、だ。本作、目が覚めるどころか逆に、ヒクソン・グレイシーに胴絞めチョーク・スリーパーで落とされたかのごとくに、観ているうちに意識が遠のいていく爆睡ムービーに仕上がっていたのだ。

ともかく、眠い。この眠気はあがた森魚監督の『オートバイ少女』('94)を観てしまったときに脳内に分泌されるおねむホルモンと同じものである、と書けば一部映画好きには「あー……」とわかってもらえることと思う。それ以外の方に説明するなら、酔っ払いにエンエンと秘教科学の説明をされているときの眠気、といったところか。

これを賞賛するのはなかなかに至難の業だ。まさか「よく眠れたぜ！　快眠センキュー！」とは書けまい。視点を変え、映画の中でいちばんインパクトのあったシーンを選び、その1点を賞賛するということにした。

僕が選んだ『ねじ式』ハイライトシーンはこれだ。

——浅野忠信さん演じる売れないマンガ家が妻の浮気を苦に自殺未遂。入院した病院のベッドで尿意を催すも体が動かず、元C.C.ガールズの藤森夕子演ずる看護婦さんにポ○チンを握ってもらって放尿を試みるが、目標をあやまって藤森の顔面に大量発射！『タイタニック』もまっ青な水難に藤森夕子が悲鳴を上げる（そりゃ上げるわな）。とそこに、あの大霊界俳優丹波哲郎が現われ豪快に笑いながらひと言。

「顔に当たれば化粧品だ、よけるなワーッハッハ！」

なにやってんだこいつら。しかしながら映画86分の中で最も目が覚めたのがこの大バカシーンであったのだから仕方がない。

このシーンのおもしろさを伝えることによって、ご夫婦へのおわびの代わりにしようとこんな推薦文を書いた。

「な、なんだこれは？　ねじ式ファンはズッコケ、浅野忠信ファンは悲鳴を上げ、藤森夕子の親戚は御近所に顔むけできないであろう。原作はねじ曲がり、俳優と観客は頭のねじを飛ばされる。つまりいつもの石井輝男の世界だっイヒヒヒ。好きなやつにはたまらないトンデモ映画を石井輝男がま～た撮ってくれた！」

う～ん、苦しい。あまり、というかちっとも推薦していない気もする。というかしていない。

しかしまぁ〝眠れる映画は名画〟という言葉もある。『ねじ式』は紛れもなく'90年代爆睡ムービーのトップ10にランキングされる1本と大槻は断言する。不眠に悩む人は今すぐ映画館にレッツGO！

ってやっぱりほめていない。どうやら僕は、ご夫婦におわびをする機会を逸してしまった。

（文中一部敬称略）

タイアップに腹立った！　『80年代の筋少』発売だ……'98年

'90年代のミュージックシーンに何より必要とされたものは、〝タイアップ〟であった。音楽性とかスピリッツなんてものは二の次、三の次。とにかくタイアップさえ取ればミュージシャンを取り巻く連中は万馬券の当たった休日のオッサンのごとく喜んだ。タイアップを巡る大人たちのアホ話を挙げていったらキリがない。

あまりに「タイアップを取れる売れ線な曲を書け！」としつこく言われるものだから堪忍袋の緒が切れて、絶対にタイアップのとれそうにもない歌詞を書いたことがある。タイトルはズバリ『ゴーゴー！　蟲娘』どーだ⁉　これなら取るに取れまいと開き直ったところ、ディレクターがウ〜ンとうなって言ったひと言がこうだ。

「殺虫剤のタイアップ、取れないかな〜⁉」

かと思えば「うまくいけばタイアップが取れるから」との理由で突然四国のゲーセンへ送られたこともあった。某企業のエライ方とゲームセンターの開店祝いに行って「ボウリングの始球式をやってきてくれ」と言うのだ。

ロッカーに言う言葉かそれが。やりましたけどね。

すべての音楽業界関係者は'90年代、ひと言で言って、金に目がくらんでいたのだ。

あるとき、テレビの音楽番組を見ていたら、ポップなラブソングを唄う男が現われ、画面下に流れたテロップにはこうあった。

「……この曲は本年の『踏み切り事故防止キャンペーン』タイアップソング……」

今や踏み切り事故防止キャンペーンのタイアップまでミュージシャンは必要とせねばならん時代なのか？

つくづくアホらしくなった。

踏み切り事故防止キャンペーンのタイアップを必要としない価値観で音楽がやれぬものか、と思い、'98年今夏より僕はUGSという自主制作CDのレーベルを設立することにした。

およそ売れそうにない妙な音楽をやっている連中に、殺虫剤のタイアップのことなど考えず好きな音をCD化する場を提供しようという試みだ。もちろん四国のゲーセンに行く必要もUGSにはない。

立ち上げ第1弾として『80年代の筋肉少女帯』というCDを発表することにした。デビュー前後の、まだ周りから「タイアップを取るために曲は3分以内でとにかくキャッチーなやつにしてくれ」などと余計なことを言われなかった時代の筋少ライブ音源を集めて音質など気にせずドーンと売ってしまおうと決めたのだ。

当時の筋肉少女帯はメンバーの出入りが激しく、脱退後の彼らの歩んだ道もまた千差万別。コーラスをやっていたイケダチカコさんという女性は、今は女流エロマンガ家として活躍中とのこと。ドラムスの美濃介は現在劇団「ナイロン100℃」の役者である。「俺はクラシックピアニストになる」といって脱退した三柴理は年に数回〝音楽の友ホール〟で〝発表会〟を開く立派なクラシックピアニストになった。しかし観に行ったら時代劇「大江戸捜査網」のテーマ曲をグワーッ！と弾きまくっていて驚かされた。さすが元筋少メンバーである。

CD化に当たって音源に参加しているメンバーに連絡を取ったところいずれも快諾を得た。うれしくなって、「ついでにライブもやんない？」調子に乗って誘ったらばこれもOK。’98年9月に’80年代のメンバーで『80年代の筋肉少女帯』ライブを行なうことが決定した。筋少同窓会である。楽しみだ。

と最近、懐古にふけっていたところ、現筋少メンバーの内田がデビュー直前の日記を持ってきてくれた。初めての全国ツアーの様子が簡潔に記されていて青春の思い出に涙が出そうになった。

「1988年5月24日、九州へ、ひたすら走る、4時半、広島を過ぎたころ、自分の運転中にガス欠、皆で車押す、中国自動車道一車線のため大変迷惑、数キロ押してS・Aで給油、10時やっと博多《はかた》着」

そうだあのころは1台の中古ワゴン車に男6人が乗って全国を走りまわっていたのだ。ガス欠で車が停まって皆で車をワッセワッセと押したのだ。まだタイアップなんて、言葉すら知らなかった。金はなく、夢はあった。

ツアーの最終日は、’88年5月30日とある。

「2時半東京へ帰る、3時半帰宅、ツアー中に集めた烏龍《ウーロン》茶の缶を集めた袋をゴミとまちがえられ、ギタリストのひろしにみそ田楽入れられる。缶洗浄後、寝る」若き日のライブツアー……言うなれば〝俺たちの旅〟そのラストシーンが「みそ田楽入れられる」、さらに「缶洗浄後、寝る」とは一体なんたるハードボイルド。ロッカーの烏龍茶の缶集めという趣味も渋過ぎだ。

p.s.

いろいろあってUGSは2000年現在活動停止中。

高田延彦vsヒクソン・グレイシー再戦はガチンコだったか!?……'98年

＊プロレスこそ最強の格闘技、の威信をかけた世紀の一戦に敗北した高田の、世紀のリヴェンジ・マッチとして再び大注目を集めたが、高田は2年連続同じ相手に同じ技で完敗し、ファンの大顰蹙と大失笑を買うことに。

中島らもさんと大阪のお好み焼き屋へ行った。玉造でお好み焼きを焼いている元プロレスラーのミスター・ヒトさんにインタビューするためだ。

おしゃべり好きな人で、プロレスについて何でも話してくれる。馬場さんは60歳を過ぎてもなんで引退しないんですかね？　と問えば「止まると死ぬからですよ」などと応《こた》える。

「へ？　止まると死ぬ？　サメですか馬場さんは」

「いえ末期の糖尿病ですよ。プロレスがいい運動になって延命しとる。やめたら死んじゃうよ」

何を尋ねてもこの調子。プロレス界の隠語からどのレスラーがホモでどのレスラーとできているかまで、裏の裏まで教えてくれる。まぁどこまで本当かはわからないが。

「去年、グレイシー柔術のヒクソン・グレイシーに敗れたプロレスラーの高田延彦が、もうじき再戦をしますね、どっち勝ちます？」

「高田に決まってますよ。1勝1敗にしておけば来年もう1試合組めるんだから」

その方が儲《もう》かる。高田が2敗すれば再再戦はさすがに組めない。これでは儲けが少ない。

「だから勝つんですよ。高田が」

高田vsヒクソン戦を〝プロレス〟と見なし、〝興行〟の面から高田勝利を断言した彼の言葉は、多くのすれっからしたプロレスファンの読みと同じであった。

実は僕も同じことを考えていた。

だからテレビの番組から観戦ゲストの話が来た時も、「ま、どうせ高田勝つけど、一応は大はしゃぎしなきゃいかんだろうなぁ」。大人としては……などと心の中のもうひとりの大槻は思っていたようである。

'98年10月11日、高田vsヒクソン再戦。東京ドームにつめかけた約5万の観客のうち1万人は同じことを考えていただろうと思う。これは拡大すれば世界の人口のうち5分の1はすれっからして生きているということの証明で、文化人類学的にも重要なことと言えなくもなくはない。

第1試合の前に引田天功マジックショーがあった。な、なぜ格闘技イベントで天功？そう言えばこの大会では昨年もハーフタイムショーに女優の藤谷美和子が登場して生バンドをバックにハードロックを歌いまくっていた。藤谷としては元祖プッツン女優の面目躍如であろうが、観客は引きまくっていた。天功といい藤谷といい格闘技イベントにしては〝興行〟的色合いが強い。すれっからし者たちはさらに高田勝利を確信した。これは格闘技ではなく〝プロレスショウ〟であろう。

しかもリングアナウンサーはコメディアンの村上ショージなのだ。興行的色合いにターボがかかる。高田勝利決定！　すれっからし者たちがウンウンとうなずき合う。

1度疑うとすべてが疑わしく思えてくる。第1試合が数分でレフェリーストップになると、顔見知りのプロレスファンが僕に近寄り言う。

「なるほどこの手ですよ。高田がパンチを入れたところでレフェリーがすぐにストップをかける、高田は勝って面目を保つし、ヒクソンも『まだできた！』と主張できる。再戦へ向けての伏線を第1試合に作っておくとはやるねー、ヘッヘッヘッヘッイーッヒッヒ」

プロレスや格闘技を純粋に楽しんでおられる方々にとっては嫌な話であろうが、長年プロレスを見てきた人間の多くはコソコソとこんな会話をしているものなのである。すれっからして生きているのである。

僕の隣席では女優の藤原紀香さんが観戦していた。彼女は1試合ごとに「わースゴイ！」「あ！　痛そう」と、非常にピュアな意見を口にしていた。

すれっからし者、とはつまり、藤原紀香さんと恋に落ちる可能性が0パーセント以下の数値を示す野郎ども、と同意語なのかもしれない。

興行開始から数時間後、ようやく高田vsヒクソン戦が始まった。

どうせ高田が勝つことになっているのだろう、と思っていても、会場を包むものすごい期待感にわがアドレナリンもガンガン分泌を始め、自然と腹の底から高田を応援する声が出る。すぐ隣では紀香さんも興奮している……いい匂いだ（余談）。

だが、試合の結果はすれっからし者たちをギャフン！ とやり込めるのに十二分であった。9分30秒。ヒクソンの腕ひしぎ逆十字固めにより高田延彦ギブアップ負け。

高田がタップした瞬間の喚声たるや津波のごとくであった。そのうちのおよそ5分の1の心の声はこうであった。

「えっ⁉ これ、〝プロレス〟じゃなかったんだ⁉ ガチンコだったのね⁉」

高田2度目の敗北は、プロレスラーの敗北であるとともに「高田が前回負けたのは、3回興行を打つためにヒクソン相手に〝プロレス〟をやって負けてみせただけ。けしてプロレスラーがマジの勝負で柔術家に負けたわけではない」というプロレスラー最強論信者最終最後の牙城《がじょう》をもガラガラと崩してしまったのだ。

ガク然とする僕にむかって、ブラジル人のババーが拳《こぶし》を振り上げ「ヒクソーン！ ヒクソーン！」とえばり散らしやがった。もう言いわけの見つからなくなったすれっからし者の僕は、ババーに対して怒るどころかペコリと頭を下げた。

〝プロレス〟でいい。高田に勝ってほしかった。

（文中敬称略）

横浜ベイスターズ38年ぶり優勝の夜、ひとりの男が死んだ……'98年

'98年、横浜ベイスターズが38年ぶりに優勝した。まったく野球に興味のない僕にとってはどれだけのビッグニュースなのかさっぱりわからん。大体において「横浜ベイスターズ」なる球団が存在することすら恥ずかしながら知らなかった。横浜っつったらホエールズじゃないの？　え？　全然違う？　うーむ野球はわからん。

野球と僕の人生がリンクした唯一の出来事は、巨人の桑田とHしたアニータ・カステロなるアホ女が村西とおるのAVに出演したバカ事件だけだ。あの時はアニータのビデオを探しまくったものだ。だから当然のことベイスターズ38年ぶりの優勝も、記憶の隅にも残らぬはずであった。

ところが優勝決定の夜に命尽きたひとりの男の存在によって、この日、'98年10月26日は、大槻の個人的'90年代史に印象的に刻まれる一夜に変身したのである。

10月27日付「日刊スポーツ」はその男の死をこう記している。

「38年ぶりの美酒に酔いしれるあまり、川に飛び込んだ横浜ファンが死亡する事故が起きた。（中略）20〜30代で、ベイスターズファンとみられる。酒に酔っていたとの目撃情報もある」

男の身元は現在もわかっていない。アッ気なくマヌケで孤独な彼の死は、一般的には

〝失笑ニュース〟ということになるだろう。その夜は何十人ものベイスターズファンが興奮のあまり横浜の川に飛び込んでいた。男もそのひとりである。運が悪かったのだ。喜びの夜、誰ともわからぬ男がただひとり、死んだ。アッ気なくマヌケに、孤独に死んだ。

「この死にざまはまるで、アメリカン・ニューシネマではないか……!?」

と僕は失笑ニュースを読みながら、高校生のころに山と観た'60〜'70年代の米国青春映画……通称アメリカン・ニューシネマの数々を思い出していたのだ。

『真夜中のカーボーイ』『ダーティー・メリー　クレイジー・ラリー』『俺たちに明日はない』といった一連の暗い青春映画だ。

'60〜'70年代にアメリカで製作された青春映画は、ベトナムやヒッピーという時代背景ゆえにトコトン暗く破滅的で、とにかく主人公がアッ気なく死んだ。映画監督の井口昇はニューシネマについて、「ヤッタゼ!」とはしゃいだ直後に唐突に死んだり殺されたりするパターンが多かった……と『映画懐かし地獄'70』という本の中に著している。アッ気なくマヌケで孤独な死だ。なんでそんなにやり場のない映画が当時受けたのだろうか？　井口氏がまたズバリなことを書いているので引用したい。

「主人公の『敗北』に妙な親近感と格好よさを感じてしまったのだ。やがて、『一生懸命がんばってもそう簡単には報われない』という自分だけのジンクスを持つほどに劣等生だった僕には、救いのない結末が『真実』に思えそれらを観ることに一種の『癒《いや》し』を感じていたのだ」

つまり、アッ気なくマヌケで孤独な死を代表とする、失敗や不幸を先に想定しておけば、人生の途上で本当に失敗や不幸に出会った時も「ほうら、やっぱり思ってた通りになった」とあきらめがつくということだ。初めから負け犬の人生を選んだ者たちの、うしろ向きな処世術である。

現在、20代後半から30代前半の映画好きは、少年のころに、名画座やテレビ放送でアメリカン・ニューシネマの洗礼を受け、彼らの多くがうしろ向きの処世術を今もコッソリ胸に秘めている。僕もそのひとりだ。今も、マヌケで孤独な失敗に出会ったとき、「ほうら、やっぱり人生はアメリカン・ニューシネマなんだ」と僕はあきらめる。すると少しだけ心は癒される。

ベイスターズ優勝の夜に死んだ身元不明の男。彼の人生のラストシーンは、かつてモンとやり切れなさを抱えたダメ人間たちが食い入るようにして観たアメリカン・ニューシネマのエンディングと見事に同じだ。アッ気なくマヌケで孤独だ。なもんだからなんか僕なんかは失笑するよりもシミジミしちまったんだよなー。

『真夜中のカーボーイ』のダスティン・ホフマンは、憧《あこが》れのフロリダにやっと到着して「ヤッタゼ！」とはしゃいだ直後、カゼで死んじゃった。

『ダーティー・メリー　クレイジー・ラリー』のピーター・フォンダは、警察の車をふり切り「ヤッタゼ！」とはしゃいだ直後に列車につっ込んで死んじゃった。

38年ぶりの優勝に狂喜した男は「ヤッタゼ！」とはしゃいで川に飛び込んだ直後に溺《おぼ》れ

て死んじゃった。しかも身元不明……う〜ん、これはやっぱりアメリカン・ニューシネマの死にざまだと思うんですよ。

彼が果たして映画少年の青春を過ごしたかどうかは知らない。もしそうであったとしたなら、薄れゆく意識の中で彼の脳裏に浮かんだ映像は、遠い昔に名画座やテレビで観たアメリカン・ニューシネマのエンディングであり、そしてダスティン・ホフマンやピーター・フォンダのしょぼくれた姿であったろうとオレは妄想するのだ。

しかし、

「あれ？ 俺、死ぬのかな？ なんか俺、ダスティン・ホフマンみたくない？」

と問うたところで、身元不明の孤独な男に応《こた》える他人のあるものか。

映画の中での喜び直後の死は、今日も多くのダメ人間の心を癒している。それなのに現実の中での喜び直後の死は、多くの人々に失笑を与えたのみだ。なんとはかない人の生であることよ。オレぐらいは心に刻んでおいてやりたい。合掌だ。と、一人で変な思い込み。

（文中一部敬称略）

映画評論家・淀川長治死す……'98年

アーノルド・シュワルツェネッガーに会ったことがある。

シュワちゃんだ。映画『トータル・リコール』（'90年）の宣伝で来日した彼にインタビューをしたのだ。当時20代前半で、怖いもの知らずで礼儀ゼロだった僕は、シュワちゃんに会うなり尋ねた。

「取材ってメンドくさくないっスかー？」

世界的スターによくぞ言い放ったもんだ。若さとは本当に恐ろしい。居並ぶ関係者全員がホテルの一室で一瞬シ〜ンと静まり返った。

「……ノー！　楽シーヨ。ユーノヨーナ、ボンクラ野郎ニ会エルジャナイカ！」

ガーハハハとシュワちゃんが豪快に笑った。全員がホッと胸をなでおろした。

'90年代後半、来日したシュワちゃんに淀川長治がインタビューした番組を観たところ、オレよりとんでもないことを当時80代後半の映画評論家は世界的スターにぶちかましていた。こう来た。

「シュワちゃん、一緒にお風呂入ろっ♡」

……それは一体なんなのよ？

「ちょいとアンタ、まーエーナー、エー体しとるナー、今度一緒に、お風呂入ろっ♡」

こともあろうに公共の電波を利用してハリウッドスターに入浴をせまった挙げ句、例のごとく「サイナラ」と言い残し番組が終わってしまったのだ。さすがのシュワちゃんも終始「弱リマシター」という表情を浮かべていた。シュワルツェネッガーを目前にしての「メンドくさくないっスか～？」と「お風呂入ろっ♡」。はからずも大槻と淀川さんの人間力の差がくっきりと浮き出たようだ。

人間力の差とはすなわち観てきた映画の量の差と言えるのかもしれない。

僕は、映画少年であった青春期が忘れられず、大人になった今でも時間があればフラリと映画を観に行く。しかし、はっきり言ってあまりおもしろいとは思っていない。ハリウッド製の娯楽作品はまるでハラハラさせてくれない。単館上映の小ジャレた作品は眠いだけ。

どれもこれも、そこそこにしか感動できない。映画に打ちのめされる、なんて体験は、20歳を過ぎてから1度もないよ。歳を取るごとに心は動かされなくなっていく。

いつだったか、その日もまたクソつまらん映画を観てしまい、ガックリしながら映画館を出た。

「観飽きちゃったのかなー、映画は10代のためのものかもなー」

半ばあきらめトボトボと家に帰り、それでもくせで「日曜洋画劇場」にチャンネルを合わせた、「ハイ、またお会いしましたね」と言って淀川長治が笑っていた。

「ハイ、今日は『ビースト／巨大イカの大逆襲』。まー驚いたナー。海のバケモノが襲う映画。イカだ。デッカイデッカイ、イカだ。イカは驚いたナー。普通、タコだ。ところがこの映画は、イカ。イカはあんまり観たことないねー。イカの映画は初めて観た。コワいコワい」

どんなにダメな映画にも必ずひとつは〝チャーミング〟なところがある。私はそれを探す。

と、淀川長治はよく言っていた。だからってそんなにイカに驚くこたーねーだろ、とテレビの前で大笑いしつつ、映画に対して受け身でいる姿勢こそが無感動の理由ではなかったかと反省した。

こんなふうに、淀川長治によって映画への想いを復活させられた人ってけっこう多いのではないだろうか。

'98年11月11日、唐突に彼がこの世を去ったのには驚いた。イカよりも驚いた。

その日の夜、死の数日前に撮影された日曜洋画劇場の解説がニュース番組内で放送された。

「サイナラ、サイナラ……サイナラ……」

と、これは本当のサイナラでなんというかジンワリと目頭が熱くなった。

しかしなんたることか、彼の最後に紹介した映画はブルース・ウィルスの『ラストマン・スタンディング』('96年）であったのだ。これ、クソつまらない映画なのである。

どこがダメかって始めから終わりまで1秒たりともストーリーがわからんとこがダメで

ある。黒澤明の『用心棒』のリメイクであるにもかかわらず、『用心棒』を何度も観ているオレがストーリーわかんねーんだから、本当にダメだ。

こんなダメ映画を淀川長治が人生の最後に紹介するとはなんとも口惜しい。オレは憤った。

けれど、ものは考えようだ。直訳するなら『最後に残った男』というこの映画のタイトルは、淀川長治最後の映像を〝紹介〟するのにあまりにピタリと機能していないだろうか。『淀川長治最終解説作ラストマン・スタンディング！』

と書けばこれはとてもかっこいいではないか。

『ラストマン・スタンディング』唯一の〝チャーミング〟なところを探すならタイトルということになろう。

「どんな映画にもひとつは〝チャーミング〟なところがある」と語り続けた男のラストに、'90年代を代表するダメ映画のチャームポイントが使用されて初めて意味を発揮したとは、まさに、映画って本当にいいですねといったところだ……ってそれは水野晴郎の決め台詞《ぜりふ》だよ。シュワちゃんは死んだら淀川さんとお風呂に入ってあげるように。合掌だ。

淀川さんサイナラ。

（文中敬称略）

バタフライナイフ刺傷事件、その時トンチだ！……'98年

'98年冬、少年によるナイフを使った傷害事件が多発した。

2月6日（オレの32歳の誕生日だ！　関係ないか）付「日刊スポーツ」によると、全国で10件の少年ナイフ事件が発生している。中でも1月28日に起こった13歳少年による女教師刺殺事件、そして2月2日に警官が15歳少年に刺された事件はショッキングであった。15歳少年はバタフライナイフを持っていた。このころ、キムタクがドラマ「ギフト」の中でバタフライナイフを使用していたことから、テレビに影響されての凶器使用ではないか、との世論が広がった。

キムタクドラマの影響はたしかにあったと思う。

映像の中のヒーローが持つ武器を、少年が手にしたいと思うのはごく普通の心理だ。オレらのころもブルース・リーに影響されて、ほぼすべての若きバカたちは学ランやマジソン・スクエア・ガーデンのバッグの中にヌンチャクをひそませていたものだ。

同じような、子供らしいヒーローへの憧《あこが》れが彼らにバタフライナイフを持たせたのだろう。

不幸なのはそれが触れれば切れる刃物であった点だ。

われわれの世代は幸いだった。ヌンチャク、なんてものはアリャ実はひとつも武器にな

らんのである。臨戦態勢に入りいざ取り出しブンブン振り回したところで、スコーン！と自分の後頭部を痛打するのが関の山。加害者になりえないどころか「だ、だいじょうぶ？」と、逆に相手に心配されちゃったりして、ノンキな代物であった。ちなみに頭より肘《ひじ》に当たったときのほうがヌンチャクは痛い！　中坊のころに何度もやった。

われわれより少しあとの世代となると、リー・リン・チェイ主演の『少林寺』に憧れて武器を所持したバカ者が沢山いた。彼らはわれわれの世代よりさらに幸いと言えた。なぜなら『少林寺』に登場する武器といったら、相手を傷つけるどころか、遠目に見たなら通販のアイデア商品にしか見えぬ中国三〇〇〇年の神秘グッズであったからだ。

たとえば七節棍《こん》などという武器は文字どおり7本の棒をヒモで結んだ全長数メートルにも及ぶものだ。オレの知り合いのバカはプールを区分する浮きのついたロープを盗んで七節棍型に改造。ケンカに持っていったら敵対中学の連中にバカ受けして、結局ケンカをせずにみんなで仲良く少林寺ごっこに打ち興じたそうな。バカ……。

ほかにも武田鉄矢の『刑事物語』を見てハンガー振り回したバカ、なんてのも知り合いにいたな。武田鉄矢ってヒーローなのか？

もちろんキムタクに罪はない。だがもし彼がドラマの中で、容易に人の身を切るバタフライナイフではなく、見た目は派手だが実際にはまったく実戦性のない武器、たとえば『酔拳《すいけん》』のヒョウタンでも持っていたなら、'98年の冬はおだやかに、「キムタクの影響か!?　ヒョウタン振り回すバカ多発」

あたりの騒動で済んだのではあるまいか。

ところで少年にナイフを向けられたとき、どう対処したらよいのか？　回答は「週刊アスキー」5月5日号の「週KANタイタン」、〝河崎健男の再生日記〟に書いてある。いや正確には河崎さんがコラムで紹介している映画『暗くなるまで待って』のワンシーンにある。

ヘプバーン主演のこの映画の中に、ナイフを構えた男に対して、機転を利かせてそれを制する2名の男が登場するのだ。2名のうちひとりはカメラの三脚をナイフ男に向けてパカッと広げて威圧、もうひとりは、片手で椅子を楯《たて》の要領で構え、さらにもう片手で肩かけストラップのついたカメラを、あたかも鎖鎌のようにブウンブウンと振り回しながら真顔でナイフ男に近付いていくのだ。

河崎さんはこの光景を「本人たちは大マジメなのにミョ〜に笑えるケンカのシーン」と表現している。まったくそのとおりで、オレも初めて見たときは思わずブブッ！　と笑った。命を取るか取られるかの状況で三脚とカメラでトンチを利かして一体どうする？

しかしナイフ男は結局、ふたり組の奇行の前に攻撃を断念する。

トンチによってナイフは制圧されたのだ。

「カメラと三脚持ったバカと戦えるか！」

戦意喪失の理由は恐怖心よりも、単にアホらしくなったからであろう。

トンチを利かせて一体どうする？　と数行前に書いたけれど、いやいや、実は生死を懸けた局面にこそこういったトンチが最重要なのかもしれない。

トンチとは武術的に言えば〝虚を衝く〟と言うことだ。

凶器を持ち興奮する少年と対峙《たいじ》したとき、こちらも攻撃的になれば火に油を注ぐだけ。むしろ、トンチを利かせて少年の戦意を萎《な》えさせることに頭を使ったほうが得策だ。

カメラブンブンブンもよし。七節棍やヒョウタンをブンブンもよいだろう。やおらムンズとばかりに己の男根を取り出し「変チンポコイダー」よろしくブンブン振りまわしたならどんな少年もやる気をなくして凶器をしまうであろう。

アホなことを書いとるが、結構これ正論である。2000年代にはナイフどころか少年は銃を振り回すだろう。そのとき、いかにトンチを利かせるかが生死の分かれ目に、必ずなる。


（文中敬称略）

和歌山毒物カレー事件と中島みゆきの関係……'98年

*元保険外交員の林真須美被告と、夫の元シロアリ駆除業・健治被告の2人はまた、生命保険金詐欺・詐欺未遂の容疑で追起訴される。2人がこれまでに不当に受け取った保険金総額は5億3000万円にもなる。

'98年夏、和歌山市の夏祭りで、カレーを食べた住民4人が死亡、63人がヒ素中毒の症状を起こした。

半年後、事件現場近所に住む主婦林真須美が起訴された。林真須美被告は'99年現在容疑を否認中。検察は犯行動機の不明確さに手を焼いている。被告の特異な性格を示唆する冒頭陳述を読みあげ、千葉大チフス事件のように、異常性格による動機なき犯罪として有罪に持っていこうとしているようだ。

ところで、'99年5月14日付の「日刊スポーツ」によると、真須美被告は接見に来た弁護士に1冊のノートを差し出し「これを夫に渡してほしい」と言ったのだそうだ。弁護士がノートを開くとそこには、中島みゆきの「時代」の歌詞が書かれていた。「今はこんなに悲しくて〜涙も枯れ果てて〜そんな〜時代も〜あ〜ったねと、いつか〜話せる日が〜来るわ〜」

アレだ。みゆきのアレが書いてあったそうな。

検察は冒頭陳述の中にこの1件を加えてあるのだろうか？　もーこれ1発で十二分に異常性格オッケーでしょう～！　とオレなどは思うのだけどどうでしょう？

真須美のダンナっつったら林健治だ。妻と一緒に保険金サギで逮捕された角刈りの54歳ハッキリ言ってコワモテ風だ。しかも真須美は健治にヒ素をもっていた疑いをかけられているのだ。そのダンナに対し、みゆきの「時代」をプレゼントとはどういった感性なのだろう？　やっぱりヤマハのポプコンとか出場しようとした口なのだろうか？

弁護側は検察の冒頭陳述に対し、ポイントが不明瞭《ふめいりょう》だとズバリつっ込んでいる。どうだろう？　真須美のゴミの出しかたが悪いとか、町で嫌われものだったとか、そんなことを言い連ねるよりも、

「被告はダンナにみゆきの『時代』をプレゼントする女です！」

とひと言で言ったほうが、検察は真須美被告の異常なる性格を明確に説明できると僕は思うのだが。

ちなみに健治からは逆に中島みゆきの「悪女」の歌詞が妻に送られた……なんて話はもちろんない。

真須美被告と並んでこの事件の主役となったのはカレーだ。

毒カレー事件という通称もすごい。

真須美被告の周辺ではほかにも毒うどん、毒牛丼、毒お好み焼き、さらに毒くず湯事件

などが発生している。すると もし彼女が清里のペンションで働いたなら、やっぱり、毒ペペロンチーネ森の狩人《かりゅうど》さんふう事件、なんてのが発生したのだろうか？

多発した毒入り食品事件の中でも、4人を死に至らしめた毒カレー事件は特に際立った。

カレーに毒物、というのは、和歌山事件以前にもあった。

某会社の元社長が、来客に麻薬入りカレーを食べさせていたという事件が'90年代中にあった。この方、自分も相当キメキメであったようで、ある時、会議中突然床につっ伏し、「どうしました!? 社長!?」とあわてふためく社員を地にはったまま制し、

「今、関東大震災を止めている」

キョバッ！ と言い切ったというからインド人もビックリだ。

小説だが、シャーロック・ホームズの短編『白銀号事件』には、カレーにアヘンを混入する悪者が登場。カレーに毒、というのは、ある種、定番のようである。

カレー自体が毒物の匂いや味を消すから混入するのに具合がいいのが第1の理由だろうが、思うに、カレーのもつどこか妖《あや》しげな雰囲気が、社会からつまみ出された者たちを引きつける何かを持っているのではないか。

大学生のころ、僕は日に4回カレーを食べていた。モラトリアムで入った大学生活は何もおもしろいことがなく、キャンパスも川越《かわごえ》の外れにあるので遊びに行くところもない。仕方ないので学食行って、カレーばっかり食っていたのだ。

さすがに1日に4回食うと飽きる。それでカレーの辛さを調節するカレーパウダーとか

いうのを買ってきて、カレーに混入しては激辛にしたりマイルドにしたり味を変化させながら1日中ハヒハヒしていた。学食にひねもすいると、校内のはぐれ者たちがなんとな～く寄り集まってくる。僕は彼らにパウダーを配り、辛さ調節を指南した。一同お好みの辛さに設定してみんなでハヒハヒ。まことにダメなキャンパスライフであった。

ある時、パンプキンだとかゆー軟弱テニス&スキー・サークルの奴らが、俺らボンクラカレー軍団の隣に座り、負け犬を見る目で俺らを見た。奴らもカレーを頼んだ。ボンクラカレー軍団略してボンカレー団の約1名……俺だが……は、パンプキンどもの一瞬のスキをついて、カレーパウダーの残りすべてを代表と思われるサーファー野郎のカレーにドバババ！　と混入した。

ハヒィイイイイイッ!!

数秒後、食堂に響き渡ったサーファーの悲鳴。

青春のバカ話である。和歌山の事件発生以来しばらくは、イヤーな話になってしまった。「ごきげんよう」にゲスト出演した時に、〝今だから言える話……いまばな～〟のトークネタにしようとしたら「大槻さん、それ今は止めときましょう」とディレクターに止められました。

（文中敬称略）

世紀末の寒い日、ジャイアント馬場死す……'99年

その日は凍りつくように寒かった。僕は仕事先にいた。隣でテレビを観ていたヘアメイクの佐藤さんが突然大声を上げた。

「ええっ!?　ジャイアント馬場が！」

と叫んだきり絶句してしまった。僕が顔を上げたときにはニュース速報はすでに消えていた。「馬場が！」のあとがわからない。馬場が入院していたことは知っていたが、まさか死ぬなどとは思いもよらない。佐藤さんは絶句したままだ。

咄嗟《とっさ》に自分なりの想像で「馬場が！」のあとに続く言葉を補っていた。

「馬場が猪木と決着戦！」

20年前ならいざ知らずもうありえないだろう。

「馬場がヒクソン・グレイシーに挑戦！」

これも絶対にない。

「馬場が『タイタニック2』でディカプリオの父役に決定！」

決定してどうする。これもあるわけがない。

「馬場が宇宙人と密約！　エリア51で！」

学研の「ムー」か。ない。

▲ジャイアント馬場選手、生涯最後のリング上の勇姿！　('98年12月5日　世界最強タッグ決定リーグ戦　於・日本武道館　写真提供／ベースボール・マガジン社)

「馬場が渋谷《しぶや》で親父狩りに！ ヤシの実割りで返り討ち！」

これ、なんかありそうであるが、無論ちがう。

「馬場が早稲田に一芸入学！」

「馬場が肉体改造！ NASAで！」

「馬場がパソコン買う！ ヨドバシで！」

いや〜馬場流しはなんでも笑えるな〜。などとニコニコしながら「で何？ 馬場がどうしたって？ 佐藤さん」と訊《たず》ねると、

「馬場が死んだって……」

へ？

マネージャーの携帯が鳴った。スポーツ新聞の記者からだ。馬場の急死についてコメントを、とのこと。電話を代わると記者の声は笑っていた。僕も笑いながら馬場の死について語った。人間は本当に驚いたとき、喜怒哀楽の感情に関係なく、笑ってしまうものだ。

ということに生きてきて初めて気付かされた。

「えへえへ」「あはあは」と阿呆《あほう》のように笑いながら記者さんと話していると、馬場の想い出が、いわゆる走馬灯となって現われた。

生の馬場……生馬場を初めて見たのは7～8年前だ。すでにエースの座を若手に譲り、第3試合あたりでコミカルなプロレスをやっていた馬場だが、その姿は驚くべきオーラを放射していた。後楽園ホールの花道に馬場がゆっくりとその全景を現わしたとき、つめかけた観客から何とも言えぬどよめきがおこったのを今でも忘れない。

どよめきはワー！　でもキャー！　でもなく、表現するなら「オウム!!」と聞こえた。

宗教儀式でトランス状態に入った民衆の叫び声は「オウム」と響くという。まさにアレだ。とにかく馬場はでかい。すべてのパーツが規格外で人間に見えない。僕にはそのとき「ロバ」に見えた。半獣半人のこの世ならざる異形であり、あきらかに水木しげるのマンガ世界に代表される、あの辺の境界に位置する存在だ……。

ふと周りを見ると観客すべてがそーゆー対象を目前にしたときの驚きと喜び顔になっていて、隣ではババーが手を合わせていた。

馬場のベスト・バウトを個人的に挙げるなら対ラジャ・ライオン戦だ。

馬場初の異種格闘戦。その対戦者として現われたパキスタンの空手家ラジャ・ライオンは、なんと馬場より身長が高かった。そんなのと戦った日には馬場が殺される！　日本中が震撼《しんかん》した。ラジャの放つキックたるやマッハの速さとのウワサ。大丈夫か馬場！　少年だった俺もテレビの前に座り恐怖の時を待った。

試合は想像よりはるかに衝撃的であった。ラジャは本当に馬場よりでかかった。

だが、強くはなかったのだ。

なにか、水の中で放つようなユルユルとしたぬるい蹴《け》りを1発馬場に向けて放ったかと思うと、そのままよろけて「カックン」とへたり込んだ。そして、足をくじいて、馬場の関節技でアッという間にギブアップしたのだ。全国100万のプロレスファンが本当にカックンとひっくり倒《こけ》た。決まり手は、あれは関節技ではなく〝捻挫《ねんざ》〟であろう。

人類の歴史上、あれほどに人々をズッコケさせた試合もない。そういう意味でモノスゴイ1戦であった。

また、いつだったか馬場はカメラに向けて「おちんちん見せちゃうぞ〜」と、おどけてみせたこともあった。ラジャ戦同様、テレビを観ていてあんなに衝撃を受けたこともない。

馬場と言えばアホな思い出ばかり浮かぶ。

人間は本当に驚いたとき、均衡を保つためなのだろうか、バカバカしいことばかり思い出すものだと、馬場の死によって初めて気付かされてしまった。

「人間は一生に一度馬場を拝むべき、というのが僕の持論ですが、それができなくなるというのはショックですね。昭和が終わりました。馬場さんは人類の宝でした」

と、記者にコメントした。

翌日、新聞を開くと「プロレスファンのロック歌手大槻ケンヂ（32）の話」として、ほぼ言葉通りに掲載されていたが、「えへへ」「あはは」という、人間が本当に驚いた時の笑いは、すべて省略されてあった。

（文中一部敬称略）

コロラド高校生銃乱射事件！　オレもあんなだった……'99年

＊犯人の2人の少年はトレンチコート・マフィアといわれるグループのメンバーで、前年に停学処分を受けている。「黒人は嫌いだ」「スポーツ選手は全員殺す」「神に祈っているヤツは処刑だ」などと叫んでいたという。

'99年4月20日、コロラド州コロンバイン高校に銃を持った少年ふたりが乱入、乱射。生徒12人と教師ひとりを射殺。負傷者23人、事件現場で少年ふたりも自殺。

これはまるで'70年代東京12チャンネル午前中から放送のC級パニック映画のような内容だ。

「セミドキュメント！　高校ショットガンパニック・俺たちに明日を撃たせろ!!」

といったあたりの無茶苦茶なテレビ用邦題がついて、主演のコロラド警察警部役はきっとウィリアム・シャトナーだろう。犯人役の少年はウィリアム・カットと、下積み時代のロビン・ウィリアムズだ。少年ふたりが自殺して「なんてことだ!!」と目をむくウィリアム・シャトナーのアップがストップモーションになったと思ったら唐突にTHE　END。

「えー!?　これで終わり？　なんも解決しとらんじゃないけー」

と怒りつつ、

「ま、学校さぼってテレビで映画観てるオレが悪いんだよな」

と、数秒後にはあきらめてしまうけだるい午前11時頃。

番組提供はもちろん二光お茶の間ショッピング。

まったくC級パニック映画そのもののコロンバイン高校生銃乱射事件。解決されない多くの謎をはらんでいる。犯人は本当にふたりだけなのか？　武器の入手ルートは？

それより何より最大の謎は、動機だ。

犯人の17歳と18歳の白人少年は、学校内ではダメ人間として落ちこぼれていたらしい。いつも黒いトレンチコートを着て登校。体育会系の学生と対立。ヒトラーを信奉し、ドイツ語で級友の悪口を言い合っていたというからそりゃ嫌われて当然だ。トレンチコートはディカプリオの映画『バスケットボール・ダイアリーズ』の影響らしい。犯行の残虐性について、ふたりが傾倒していたマリリン・マンソンの影響を指摘する人もいる。

人種差別やその他さまざまな動機が挙げられている。

オレが思うにあのふたりはただ単に、学校というドラマの中で台詞《せりふ》が欲しかったんではないだろうか？

映画のコスプレして学校に乱入して教師や同級生をメッタ殺し……これは、ある種のダメ少年にとっては全員に共通の夢だ。

ある種の、とは、つまらない連中とオレは違うと学校の中でいつも思い、しかし、では何がどう違うのかと自分に問うても何も具体的なものがなく、客観的に見れば単に存在感のないやつで、プライドを保つために映画やパンクやオタク・サブカル系の世界に逃避して自分の中に閉じこもる。そういうダメ少年たちのことだ。

高校時代のオレがまったくその種のダメ少年であった。で、やっぱり、映画のコスプレして教師や同級生をブチ殺すことばかり考えていたんだよなー。

今からもう十数年前、高校の文化祭で喫茶店をやることになった。

「大槻、ロックとか聞くんだろ？　教室でかける音楽を選曲しといてくれよ」

と、文化祭委員の奴に唐突にDJをまかされたのだ。オレは「文化祭なんて眼中にねーよ」というスタンスだったんだけど、実は涙が出るほどうれしくなってしまった。

「ついにオレにも出番が来た！」

ってな感じ。高校生活というドラマの中で台詞があるかないかって、10代にしてみれば生きる死ぬより重い問題だからねー。

張りきっちゃって徹夜でテープ作って持ってった。今でも曲順を覚えてる。1曲目がツェッペリンの「アキレス最後の戦い」だ。大爆音で教室に流したらスゲー不評だった。マッチ・トシちゃん全盛の時代だったからね、特に○子って女子……結構可愛い顔してたんだけど……○子が怒っちゃってさー、「大槻!!」って呼び捨てだ。

「大槻!!　もっとさー、みんながわかる曲かけろよなー」

「いや！　2曲目がクリムゾンでグッと来るんだよっ！」

とオレが言う前にテープ止めやがった。

居場所なくなってオレ教室を出て、水飲み場で1時間ぐらい水飲んでるふりをして、ソーッと教室に帰ったら松田聖子がガンガンに流れてた。

その時オレは決めたのだ。

こいつら全員ブッ殺してやる。

殺殺殺殺殺殺殺殺す！

家に帰って、食用油とコーラのビンで火炎ビン3個作った。沢田研二が『太陽を盗んだ男』で着た白衣を着て、スターリンをガンガンにかけて勉強部屋の鏡の前に立ってみたのだ。

で、次の日、ママチャリのかごに火炎ビン積んで、実際に学校に行った。ダメ少年は思いつめるとコワイね、ってオレのことなんだけど。で、自転車置き場で火炎ビンを白衣のポケットに入れてたら、クラスのもてる系の××ってやつに……スポーツ不良系のやつ……そいつに、

「オレもツェッペリン好きなんだよ、きのうのテープ、今度貸せよ」

って話しかけられて、それで、またちょっとうれしくなって、学校燃やすのやめてママチャリで家に帰った。

白衣を着たまま12チャンネルの洋画劇場をボーと観たら最低のバカ映画で、

「えーっ!?　これで終わり!?」

ってラストだったけど、

「ま、学校さぼってテレビで映画観てるオレが悪いんだよな」

とあきらめました。

火炎ビンの食用油は、夜中に公園のトイレに流して捨てた。

（文中敬称略）

p.s.

ダメ少年が校内大量殺人を考えるのはお約束。その時、容易に銃が手に入ってしまうというのが恐ろしい。犯人の少年たちが使用した武器は、2連式ショットガン、TEC-DC9半自動小銃、ポンプ式連射ショットガン、9ミリ半自動ライフルに爆弾2種類と手榴弾《しゅりゅうだん》とのこと。戦国自衛隊かお前らは⁉

当然、銃規制が叫ばれているものの、米国では全米ライフル協会が政治的に力を持っていて圧力をかけている。協会の代表は俳優のチャールトン・ヘストン。

2少年の憧《あこが》れた映画が『燃えよドラゴン』であったなら、ただのブルース・リーおたくの高校バカ騒動で終わったものを。

コギャルに変身！　どうよ？　どうなのよっ!?……'99年

'90年代日本国にモノリスのごとくチュドーン！　と存在したコギャル。茶髪を超え白髪、ニカウさんもビックリの顔黒、やらしーやらしー超ミニに、そして何と言っても、ガンダムのザク、あるいは故ブルーザー・ブロディのごときルーズソックス。モーなんだかわからないビジュアル・インパクト。芸術は爆発だ！

女子高生と言うより猿人バーゴンのような容姿の彼女たちを分析することなどオッム爆発しようとも不可能だ。

どーしたものかって、そうだ、いっそコギャルになってしまえ!?

誰が!?　オレが！

犯罪者の気持ちと同化して異常犯罪を解くFBI心理捜査官のごとく、オレはコギャルのコスプレをして彼女たちと同化することにした。

訪れたのは、亀戸《かめいど》に実在する女装趣味者の聖地〝エリザベス〟である。

「私をコギャルにしてっ！」

悲痛な願いが届き、おおっ見よ、われのコギャル姿を。

ネ～ってゆ～か～、けっこ～いけてなくなくな～い？　超ナンパされそ～ってゆ～か～、クセになりそ～ってゆ～か……クセになった。

▲「どうしてもやるんですか？」「ほ、本気なんですか？」。うろたえるマネージャー折原氏と担当S岩を制し、メイクルームに入ったオーケン。

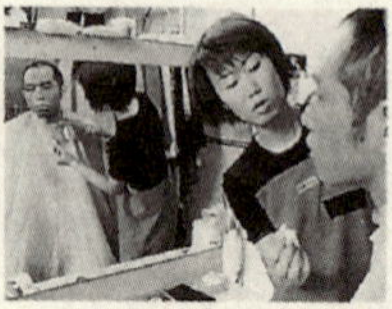

▲「どんなふうになりたいですか？」。親切なエリザベスのスタッフと打ち合せながら、いよいよメイクの開始。もうどうしちゃったんだっていうくらいのガングロメイクを希望！

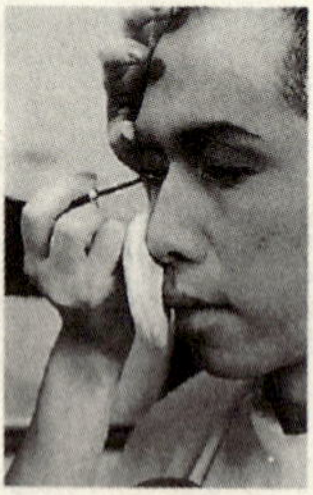

▲「二重まぶたにしますか？」「ハイ！」。なんと、まぶたにスコッチテープを貼って二重っぽく仕上げるのだ！

▲おおっ！　コギャル使用のメッシュウィッグを被ったら、もうほとんど女子高生!?「髪にお花を飾りたいな～」と、もうちょっとワガママを言ってみるオーケン。

▲「あら、なかなかカワイイですよ」。メイクさんに花を付けてもらいながら、思わずニッコリ！　手首にもコギャルご用達のお花ブレスレットが……。

▲ジャ～ン！　ついにコギャルに大変身！　っていうか、お世辞ぬきでかなりイケちゃってます。とりあえず～記念写真撮ろうっかな～？　みたいな～。すっかりゴキゲンでポーズ！

撮影／高橋　智

ノストラダムスの大予言大はずれ！　その1……’99年

これを書いている現在が’99年の5月である。ノストラダムスの大予言まで残すところあとわずかだ。

今時〝ノストラ〟にビビッている馬鹿なんて捜してもいないだろうと思っていたら、地位も名誉もそこそこにある知人のB村君が「オレ、1999年の7月までに、貯金全部使っちゃうんだ！」と極めて真面目に僕に言った。

おーいB村君、ノストラは人類が滅亡するなんて、ひと言も言ってないぜ！　こう書き残しただけだよ。

「1999年7の月　空から恐怖の大王が降りてくる　アンゴルモアの大王を復活させるために　マルスは幸福の名の下に君臨する」

ね？　どこにも人類滅亡とは書いてないだろう？　大体これ、意味わかるB村君？　人類滅亡の詩と言われればそうも読めるし、逆に、幸福という単語を中心に読めば、なんだかとってもハッピーな詩にだって読めるじゃないか。つまり、曖昧《あいまい》なものはどんなふうにでも認識可能ということだ。

無名のAVギャルがアイドルとか女優に見えたりするのと一緒。たまたま人類滅亡の予言と解釈した五島勉みたいな人がいて、不安をあおられた人々が大騒ぎしただけのことだ。

それでも心配ならB村君、ノストラの予言をバカバカしく解釈した本がいくつかあるから読むといい。

西谷有人と頭脳組合の『超絶解釈　ノストラダまス』（'93）は、ノストラの四行詩をバカバカしく解釈した面白本。

恐怖の大王に関してはその正体を、プロレスラーのキラー・カーンのことであろうと斬《ざん》新《しん》すぎる説を立てている。

「私は〝アンゴルモア〟を素直に〝モンゴリアン〟のアナグラムと考え、〝アンゴルモアの大王〟がモンゴリアン・チョップで一世を風靡《ふうび》した〝キラー・カーン〟であるとの結論を導き出した」

のだそうだ。んなアホな。

でも実は、ノストラの真面目な研究本も、負けず劣らず強引な仮説を立てていてキラー・カーン説を笑えないのだ。

今ではB村君に説教たれる僕だけど、五島勉の本が大ブームとなった20数年前はそりゃ焦った。

「俺は33歳で死ぬのか！」

当時小学生の僕はそう思うと泣けてきた。33歳といったら大人だ。美人の奥さんとかわいい子供がいて、部長ぐらいにはなっているはずだ。そんな人生真っ盛りの頃に世界滅亡なんて！　と思っていたのだが、本当に33歳になったところ嫁も子もなくノンキなバンド暮らしをしているのは何故だっ!?

ま、それはともかく、大予言にビビりつつも、僕は父と兄と連れだって、'74年にブームに便乗して製作された映画『ノストラダムスの大予言』を近所の野方《のがた》東宝に観に行った。

この映画、僕の少年期の大トラウマなのである。

丹波哲郎演じる科学者がノストラダムスの予言世界を地獄巡り。ひたすら暗く、イヤ〜な気持ちになるグロシーンの連続で、小便ちびった。

例えば、政府の偉い人が発狂して木に登り、なぜかドングリコロコロを木の上で歌いまくるシーン。

あるいは、公害で体が腐り植物人間化した人喰《ひとく》い原住民を、丹波の連れが「うむむっ!」という表情をしながらガンガンに撃ち殺すシーン。

他にも、サイケな服を着た暴走族がノーブレーキで疾走、おいおい危ないよと思っていたらそのまま海へ集団で突っ込むシーン。

さらに、ハルマゲドンの後に、頭の巨大化した奇型人類が登場してミミズを喰うシーン。

そしてスクリーン一杯に丹波が出てきて大演説を始め、今までのゲルショックシーンは総て丹波の空想だった! と判明しドカーンと底が抜ける衝撃のラストが少年期半ズボン姿の僕に与えた悪影響といったらなかった。

同時上映の『ルパン三世念力珍作戦』が始まっても映画館の中で恐怖に震えたままだった。

ちなみにルパン三世役は目黒祐樹であった。これもかなりのトラウマだ。

映画『ノストラダムスの大予言』の与えた心的外傷はあまりに深かった。なんとそれ以降数年間、僕は映画館に近づくことさえできなくなってしまったほどだ。

テレビでもグロシーンは一切ダメ。ホラー映画のCMが始まると目を閉じ机の下にもぐって震えていた。

丹波もダメ！

テレビに丹波が出てくる度に「タンバが！　タンバが！」と泣き叫んだ。もちろんドングリコロコロもダメに決まっている！　思うに僕の神経症的性格を形成するかなり大きな要因はあの一本の映画であった。

数年後、このままではダメだと思い、ショック療法のつもりで『ゾンビ』と『溶解人間』のグロホラー2本立てを見に行ったところ、功を奏してノストラの呪縛《じゅばく》から解放されることに成功した。丹波も今では大丈夫だ。ドングリコロコロもOKだ。

映画『ノストラダムスの大予言』は、あまりにあまりな内容ゆえ、今では大幅にカットされたヴァージョンしか発売されていない。ドングリコロコロもカットされているとのこと。

ところが最近、友人から完全版が海外で発売されるらしいとの噂を聞いた。

もし発売が'99年の7の月だったら、僕にとってはは間違いなくそれこそが恐怖の大王の正体だよ。


（文中敬称略）

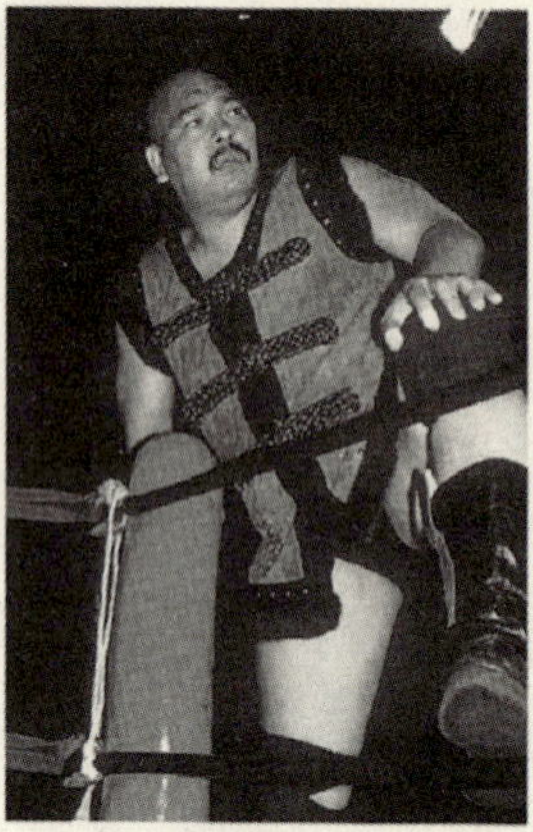

▲戦うモンゴリアンと謳われましたが……、当然、日本人です。
（写真提供／ベースボール・マガジン社）

ノストラダムスの大予言大はずれ！　その2……'99年

１９９９年７の月、空から恐怖の大王は降りて来なかった。五島勉が『ノストラダムスの大予言』を著してから25年、あれだけ日本中をおののかせた１９９９年７月は、特別な大事件もなく過ぎていった。

唯一事件があったとすればオレが運転免許を取ってクルマの運転を始めたことぐらいであろうか。

アレはまさに大事件といえる。

ウインカー出したつもりがワイパーが動き出すぐらいは序の口である。ちょっと近所まで行こうと思ったらいつの間にか首都高に乗っていた。もー頭の中は真っ白だ。

どこで降りたらいいのかわからない。思わず、

「えっ⁉　高速ってUターンOKだよね」

ハンドルを切ろうとしたオレの手を同乗者がギャアアアッ！　と叫びながら止めた。

「やめてくれオーケン！　落ちるぞーっ（泣）」

なるほど恐怖の大王の正体は道路の壁を突き破って首都高から落下するオレのクルマのことであったのか！　大予言の真相ついに発見したり。

などとひらめいている場合ではない。マジ危ないっつーの。みなさんも初心者マーク付

きのワーゲンを街で見かけたらオレかもしれないのでよけるよう心がけてくださいね。本当に。

大槻の乗ったクルマ以外で、もしかしたらアレが恐怖の大王のことなのではないかと思われたのは、発射と落下がウワサされていたテポドンとカッシーニである。結局、北朝鮮のミサイルもプルトニウム搭載の土星探査機も7月中には落ちてこなかった。大予言に便乗したカルトの無差別テロなんてのも考えられたが、起きなかった。

1999年の7月はなんとなく過ぎていった。

ちょこっと拍子抜けって感じ。

今にして不思議だ。われわれはなぜノストラダムスの大予言などというものに25年間も振り回されてしまったのだろうか。一体ノストラダムスの大予言のどこにそれほどの威力があったというのだろうか？

そのポイントはズバリ言って名前であるとオレは思うのだ。

ノストラダムス！　なんと大仰な名前であることよ。その昔ゴダイゴは「♪なっまえ〜、そっれは〜、燃っえるい〜のち〜」と歌ったものだが、まさに燃えるがごときハッタリの利いたネームである。今すぐ園山俊二に頼んで岩文字でレタリングしてもらいたいほどだ。

ノストラダムス！

つまりこの名前の説得力にわれわれは洗脳されていたのだ。

〝ノストラダムス〟に〝大予言〟されちゃったら、そりゃまーそーかなーと思うだろう。

試しに別の名前を入れてみよう。

ピエールの大予言

ホラもう信じる気にならない。

ピエール瀧《たき》の大予言

一文字増やせばもっと信じられない。

このように予言者と呼ばれる人の名前はとても重要なものである。もしノストラダムスが間の抜けた、あるいは庶民的な名前であったなら、大予言は25年もとてももたなかったであろう。再び試してみよう。

もしも、ノストラダムスがこんな名前だったら……

ミッチーの大予言

サッチーの大予言

スマイリー小原の大予言

イジリー岡田の大予言

ノッポさんの大予言

チョコボール向井の大予言

なかにし礼の大予言

ジョニー・エースの大予言

ミッキー吉野の大予言

武田鉄矢の大予言

内田裕也の大予言

トレーシー・ローズの大予言

いかがであろうか。どれもこれもあまり長い興味を持てそうにない字面だ。チョコボール向井ってどんな大予言するのかちょっと興味深いけれど、25年はもたないだろう。やはりノストラダムスという名前の響きは予言者としてこれ以上のものはない。この名前あったればこその25年間の我々の興味と恐怖だったのである。

恐怖の大王が降って来なかった結果として、一部ノストラダムス研究家やオカルティストたちはオマンマの喰《く》い上げ状態だろう。彼らは次の手を早々に考えねばなるまい。どうとでも解釈の可能な詩を書き、そして何より名前にハッタリの利いた人物を捜し出し、世界の終末を記す大予言者として祭り上げる必要がある。

三代目《さんだいめ》魚武濱田《うおたけはまだ》成夫《しげお》、はどうであろうか？

詩の難解さといい、名前のハッタリと言い、二大ポイントにバッチリはまっていると思うのだ？

三代目魚武濱田成夫の大予言

三代目、というのがやはり利いている。画数の多い字面もいけている。ノストラダムスにははるかに及ばぬが、チョコボール向井よりは確実に説得力はあるだろう。詩も書くし。

五島勉の新刊『三代目魚武濱田成夫の大予言』発売を期待する。出るなら多分カッパブックスあたりだろう。何年もつかな。

（文中敬称略）

「特撮」始動! よろしくねっ……'99年

'99年、大槻ケンヂはロックバンドその名も「特撮」を結成。デビューに向けて準備を開始。


え、じゃ、筋肉少女帯はどうなったの?

それがなんとアナタ、脱退しちゃったのである。

誰が? いやオレが。

'99年夏、オレは筋肉少女帯から正式に脱退したのである。

これにはオレも驚いたね。

ディープ・パープルにおけるリッチー・ブラックモアの脱退とか、ピンク・フロイドにおけるロジャー・ウォーターズの離脱とか、主要メンバーがいきなりバンドをやめるというのは、ま、ロック界ではたまにあることだけれど、まさか大槻ケンヂが筋肉少女帯を脱退するとは思わなんだ。

筋肉少女帯のデビューは'88年である。'90年代のほとんどをオレは筋少という仕事に費やしてきた。筋肉少女帯こそが我が'90年代であった。しかしやめてしまえば、特別に感慨というものもない。そういうものなのかもしれない。あと数年もたったころに、思うところが生じるのかもしれないし、そうでないのかもしれない。わからない。

'90年代のほとんどを……と書いた。では残りの時間は何をやっていたのかと言えば、これはもーいろんな仕事をやった。

エッセイ、小説、コラム、対談、人生相談、テレビ、ラジオ、ドラマ、映画などなど……。

やってないのは自称犬の訓練士ぐらいではないかと思うほどあれこれ手を出した。多芸というよりは節操のなさであろう。

先日も当コラムで女装に挑戦したばかりだ。当日は本人ノリノリであったが、掲載号を見たところ太モモにムダ毛が黒蟻のごとく生えていてガックリした。

「キー！　せっかくの女装が台なしよ。コンピューター専門誌なんだからパソコンでちょいちょいと消しておいてくれればいーじゃないンモー」

とおネー言葉でマジに怒ったものだ。そういうためにあるものじゃないだろうコンピューターってのは。

女装以外にも、「なぜバンドマンがそれを……？」と突っ込まずにはいられない仕事を山としてきた。

人面犬ビデオの司会

なんてのもやったなー。'90年代初頭、人の頭をした犬の都市伝説が大流行した。どこかの制作会社がブームにあてこんで、人面犬を主役にしたセミドキュメントをでっち上げたのだ。内容はといえばこうだ。

〝恐らく制作会社のスタッフの家から連れてきたと思われるワン公に、人のお面をかぶせて街を走らせ、道行く人の反応をカメラに収める〟

どっきりカメラである。

野呂圭介もボー然のトホホ企画に呼ばれて（行くなよ）オレは、頼まれるままにカメラの前で、人面犬を見たことがあるという友人の話を10分ほど語った。

後日、出来上がったものを見たところ、あたかも大槻ケンヂが司会を務める作品のようにうまいことと編集されていたのだ。そのフィルムマジックたるやタランティーノばりだ。感心している場合か。

永井豪特集ビデオでもこれをやられた。

豪先生と対談とのことでニコニコして現場に行ったところ、完成したビデオはまたしてもオレが司会のように編集されていた。ロジャー・コーマンもビックリの編集裏テクニックだっ！　だから、感心してどうする。

オレはよく確かめもせずにホイホイと仕事を受けてしまうことが多いのだ。当日や後日になって「ヒエ～」となることは他にも沢山にあった。

杉作J太郎さんとSM喫茶の取材に行ったら（行くなよ）、マゾ男のカッパさんというオジさんに足の親指をしゃぶられた。

みうらじゅんさんとの対談に行ったら「大槻くん、今日はコレね」と言って荒縄を渡された。ふたりして全裸のヌードモデルを縛り上げて（縛るな！）その横でポーズ。その日オレは、カゼで熱が38度あった。

「みうらさん、これ何の雑誌の取材だっけ？」

「聞いてないの？『岩谷テンホーのみこすり半劇場スペシャル』だよ」

「……ああ」

エッセイの取材でSMクラブに行ったら（行くな！）女王様にキリキリと縛り上げられた（縛り上げられるな！）挙げ句、様子を見に来た店長にニコニコ尋ねられた。

「どうですか？　大槻さん」

こんな状態でどうですかもないもんだ、それでもオレは笑顔で応《こた》えた。

「ええ、もー、いっぱいいっぱい！」

本当にもーいっぱいいっぱいである。好奇心のままに'90年代を生きてきたら、すっかり本業がわからなくなった。ちょっと反省。

「特撮」結成を機に、初心に帰ろうかと思っている。デビューは2000年になるだろう。区切りもいい。2000年からは「特撮」のボーカリストとして、オレは本業のロックに魂を燃やすつもりだ。決意した。

と言いながら、ついさっきまでフードルの女のコたちと対談していたところだったりして。説得力まるでない決意である。ちなみに池袋の「セクハラ商事」の女のコたちね。イメクライメクラ。

p.s.

というわけで「特撮」である。パーマネントメンバーは大槻ひとりのみ。レコーディング、ライブのごとに異なるミュージシャンが参加する予定。

デビューアルバムは2000年2月徳間ジャパンより発売予定。どんな音かっつーとこれがまだまったく決まってないんだから恐ろしい。だけどタイトルだけすでに決めてるあたりがいつも先走りのオレらしい。

『爆誕』というタイトルのCDをレコード店で見つけたら即ゲットだ。「ボヨヨンロックPART2」とか「高木ブー伝説2000」なんて曲は入っていないので安心して欲しい。いや意外に入っていたらどうしよう。「新日本インド化計画」とかな。わかりませんが。とにかく応援よろしくお願いします。

p.s.

「特撮」はG・NARASAKI、Dr・有松博、B・内田雄一郎、Key・三柴理というメンツで、2000年2月23日、1stアルバム『爆誕』を発売した。その後内田は脱退。「ヌイグルマー」「agitator」「初めての特撮」「花火（CDブック）」などを発表し、'03年現在も活動中。

オマケ！　'90年代格闘技&武道本　ベスト5

ハイ、巻末のオマケとして、'90年代格闘技&武道本ベスト5を選んでみましたよ。

第1位『極限を生き抜く！　初公開！　これがプロボディガードの非情な世界だ』（清水伯鳳著　近代映画社）'92年

ダントツでトップであろう。一子相伝の殺人武術〝心拳《しんけん》〟の継承者である清水伯鳳の自伝は、落合信彦をもはるかに超える妄想的世界。国家元首をガードする超法規的集団その名も、〝闇部隊ブラック〟に入隊するため、山ごもりをしたり、パラシュートでジャングルに飛び降りたり、さらには足の指の間にキリを刺すといった、まさに「それ何の意味あるのよ！」的特訓をくり返した果てに、なんと萩本欽一の弟子になったという伯鳳の数奇な人生を記した必殺の1冊である。

第2位『なぜ八極拳は勝てたのか？』（呉連枝・七堂利幸著　ベースボール・マガジン社）'98年

ほとんど「インディアンにハゲはいない。なぜ？」のようないかしたタイトルである。日本における中国武術界の裏側を書いていて面白い。一部中国武術家は精神の病気だ、とこの本は主張しているのだ。

「中国武術で多いタイプは、演技性人格障害、つまりヒステリー性格だと思われます」「中国武術にはライターも執筆者も、そしてある学習者たちにも、演技性人格障害をはじめとする精神科の病者が目立ちます」「これがウョウョいる人格異常《アブナイ》——の八極拳家だ！」と、こんな調子の上に3800円もするたまらない1冊。

第3位　『骨法不動打ち　究極の喧嘩《けんか》芸奥義』（堀辺正史著　学研　ビデオブック）’90年

アントニオ猪木に〝浴びせ蹴《げ》り〟を伝授した武道家堀辺正史が創始した〝骨法〟は、’80年代後半から’90年代中盤にかけてグイグイと頭角を現わした。船木誠勝、獣神サンダーライガーといったプロレスラーも骨法を習い、永井豪は骨法をマンガに登場させ、風忍は骨法家とゴジラが闘うマンガを描いた。Ｋ－1が初めて開催されたとき、「〝Ｋ－1〟のＫは、空手、キック、そして骨法など格闘技の頭文字から来ている」と紹介されていた。ところが’90年代後半になって、骨法の成り立ち、技などについて疑問を唱える人が登場。あれだけのブームがウソであったかのように、格闘技関係者は今では、骨法の話題をあまり出そうとはしない。なんだったんだ一体。ちなみにこのビデオブックでは、弟子の金的をパンパン叩《たた》きながらニヤリと笑う堀辺先生の勇姿が拝めるぞ。

第4位　『ケンカの鉄人　知られざる喧嘩師列伝』『爆烈！！　ケンカ大学　基礎からわか

る不敗の方程式』『ケンカの鉄人海外編　海を渡ったサムライ魂!!』（いずれも福昌堂〝格闘王シリーズ〟より）'97年、'98年

ムック本なので3冊まとめて。格闘家のケンカ自慢を集めた本なのだ。内容がまったくシャレになっていない。

「〝相手が死なないように〟なんて考えてたら、ケンカなんてできませんから。死んだら死んだでしょうがない」

という、空手家山田侃の言葉がこの本のなんたるかをシンプルに言い表わしている。肉体労働現場のケンカにおけるスコップの使用法をうれしそうに説明する空手家のインタビューとか、笑える部分もあるものの、やっぱりセメントですごいのは海外編に登場したある空手家であろう。仕事でマレーシアに派遣された彼はそこでピストル強盗に遭い、同僚を殺される。怒った彼は……、

「しばらくして駆けつけた武装警官隊を先導し、ピストル強盗の逃げた方角へ向かった。ジャングルの中でひとり発見し、抵抗の態度を見せたので射殺」

射殺と来ましたか。まいりました。ちなみにもうひとりいた強盗は、「崖《がけ》から落ちて転落死」したそうです。押忍。

第5位『わが夫、大山倍達』（大山智弥子著　ベースボール・マガジン社／角川文庫）'95年

極真空手の創始者である大山倍達の未亡人、智弥子さんが、亡き夫の思い出を語った1冊。智弥子さんはバカボンママのごとくノンビリとやさしい方で、おだやかな口調で語られる大山倍達の奇人ぶりが、空手最強幻想をかえって巨大化させてくれるのだ。なにしろ智弥子夫人、本当は昭子という名前であったのに、倍達が「今までに昭子という名前はいろんな男が呼んでるからイヤだ！　あなたはこれから私だけの智弥子です」と無茶なわがままを言い出して、勝手に改名されてしまったのだそうだ。大事を成す偉人の考えることは、われわれ凡人にはさっぱり理解できません。

次点として『酔拳戦闘理論』(龍飛雲著／愛隆堂刊)を加えたい。なんと〝酔拳〟の実践ハウツー本である。

オマケ！　'90年代スリープ・ムービー　ベスト7

'90年代に起こったアレコレをランキング形式で発表している。続いては〝'90年代激眠映画（スリープ・ムービー）ベスト7〟だ。ともかく観ていて眠い！　眠い！　眠くなった'90年代の映画を集めてみた。眠れぬ夜のためにぜひ参考にして欲しいものだ。突発性ナルコレプシーを発症したかと思うくらいよく眠れること必至。阿佐田哲也もビックリだ。

第7位　『あ、春』相米慎二監督　'98年

相米監督作品は、『光る女』も眠かった。あれはまだプロレスラーの武藤敬司が主演ということでなんとか最後まで眠らずにすんだが、『あ、春』はいけません。山崎努演じるダメ親父の死に際を描いた人情喜劇なれど、あたかもクラフトワークの『アウトバーン』のごとき単調な展開に一体何度意識が遠のいたことか。

第6位　『ポンヌフの恋人』レオス・カラックス監督　'91年

ポンヌフ橋のたもとで無意味に苦悩しているホームレスの男と女が恋に落ちる。そんでまた果てしなく苦悩するのである。その暇があったら働け！　と言いたい。しまいにはバカップルのせいで焼死してしまう善良な市民まで登場。かわいそうじゃないの。いろいろドラマは起こるものの、フランス語で恋を語られるとパブロフの犬のごとくオレは眠くなってしまうのだった。

第5位 『ユー・ガット・メール』ノーラ・エフロン監督 '98年

フランス語での恋も眠いが、メールで恋を語られるとさらに眠いです。トム・ハンクスとメグ・ライアンの恋というのもまたどーでもいい。仕事の合い間にポンと時間が空いて観てしまったのだが眠かった。同じ寝るなら近所の〝サウナフィンランド〟へ行けばよかったと、深く悔やみながら新宿ミラノ座の大画面でトム・ハンクスと対峙《たいじ》した午後3時。

第4位 『運動靴と赤い金魚』マジッド・マジディ監督 '97年

眠かった。ただひたすらに。冒頭、ビンボーな家の少年が妹の靴を失くし、妹と一緒に「困った、困った」とオロオロする。オレはもーここら辺で眠りモードに入り実際しばらく寝てしまった。ハッ、と目が覚めたらすでに中盤、しかし、スクリーンを見れば、相変わらず兄妹が「困った困った」とオロオロしていたのである。その後また何度か眠ってしまったのだけれど、何度目覚めてもこの兄妹が「困った困った」とオロオロしている姿がスクリーンに映し出されていた。言わば〝激眠金太郎アメ〟のごとき1本。

第3位 『マルメロの陽光』ヴィクトル・エリセ監督 '92年

『マルメロの陽光』は、どこぞの画家が果物の絵を描こうと画材を用意するが、雨が降ったり気が乗らなかったりでなかなか描こうとしない。だから必然的に何ひとつドラマは起こらない。そして恐るべきことに、「今年はやめとこう」ということになって、画家は画材をしまいこむ。で、映画はそこで終わってしまうのである。キツネにつままれたような……とは、まさにこの映画を観てしまった人のためにあるのではなかろうか。なんでこれで企画が通ったのか本当に謎だ。いつか『マルメロの陽光2』、略して〝M2〞とか言って、再び画家が果物の絵に挑戦する続編ができぬものであろうか。日本中の不眠症者で映画館満杯になるであろうよ。

第2位　『オートバイ少女』あがた森魚監督　'94年

あがた監督は、昔『僕は天使ぢゃないよ』という映画を作っていてこれも爆睡の1作であった。もしもアカデミー賞に〝おねむ部門〞ができたなら、間違いなく日本人初の受賞者となるはずだ。

『オートバイ少女』は、石堂夏央演じる少女がオートバイに乗って父を捜して旅に出る。あがた森魚演じる父ちゃんは意外にもすぐ見つかって、そこからは父と娘の形而上《けいじじょう》的観念的対話が、まるで『ドカベン』全数十巻ぐらいの長さでエンエンと続くのである。

オレはシネアルゴ新宿のレイトショーで観た。観客がひとり、またひとりと次々に眠りに落ちていく様子は、冬山の遭難に本当によく似ていて恐怖さえ感じた。「寝るなあっ！

寝たら死ぬぞうっ！」。口には出さずとも観客たちの間に奇妙な連帯感さえ生まれたものである。あがた監督は最近、新作『港のロキシー』を発表した。5分間のダイジェスト版を観たところ、またしてもスリープ・ムービーの予感に満ちていて期待大である。

第1位　『アトランティス』リュック・ベッソン監督　'91年

リュック・ベッソンが水の中の生物たちを描いたドキュメントである。魚や海獣たちが青いスクリーンの中をプクプクコポコポと泳ぎまわる姿がエンエンと…………………………ハッ！　すまん、書いているだけで思わず眠ってしまった。いやまったくこのベスト7作品があれば、睡眠薬などこの世に必要ないのではないかとさえ思えるのだ。昏睡《こんすい》強盗とか昏睡レイプ魔とかが悪用しないか心配なぐらいだ。

7作品以外にも、ジーン・ハックマンの『バード・ケージ』やゴールディー・ホーンの『ファースト・ワイフ・クラブ』なども睡眠誘導剤のかわりにはなるだろう。

SPEEDの『アンドロメディア』、ロビン・ウィリアムズの『パッチ・アダムス』、そしてメル・ブルックスの『キング・オブ・タイツ』も強烈に眠いフィルムなれど、あまりのつまらなさに逆に腹立って目が覚めてしまう可能性があり、純粋なスリープ・ムービーとはまた違うかもしれない。シネマスクエア東急で観た、頭のいいブス女が友達差し置いて彼氏をゲットする外国の映画は失神級に眠かった。本当に激眠してしまい今となってはタイトルさえ思い出せない。２０００年代にはどんなスリープ・ムービーが登場するのか期待大だ。だからそれ期待することなのか？

オマケ！　'90年代UFO&超常現象本　ベスト10

'94～'97年までだったろうか、UFOをはじめとした超常現象にドップリとはまった。没頭の仕方たるや凄《すさ》まじく、1日の大半をUFOのことを考えてすごした。ついにはライブの最中にまでUFOの話をはじめる始末。ステージ上から「イエーイ！」とコールしたかと思えばレスポンスを待たず、「いや～1947年、ケネス・アーノルドが空飛ぶ円盤を目撃して以来……」などと語り出した。メンバーは白けオーディエンスからは「UFOはいいから早く曲行け！」とごもっともなつっ込みを入れられたものだ。「大槻、気が違ったか！」と野次る客もいた。

今思えば本当にちょっと気が違っていたのだと思う。というわけで最後のオマケは、「'90年代UFO&超常現象本　ベスト10」である（正確には'97年までですが。書籍の発売年は、日本発売時のものです）。

第10位　『宇宙人の死体写真集2』（中村省三編・著　グリーンアローブックス）'91年
'89年に発表された『宇宙人の死体写真集』の好評第2弾で、何よりタイトルがいい。トンチが利いてる。

読むと、写真集なのにイラストばっかりなんである。写真も数あるものの、

「宇宙人かと思ったら、深海魚だった！」

「宇宙人かと思ったら、お猿さんだった！」

などと、底が抜けまくっているのである。

UFO&超常現象の最大の魅力である、いかがわしさに満ち満ちた1冊。

第9位　『宇宙神霊記（霊界からのメッセージ）』（美内すずえ著　学研）'91年

『ガラスの仮面』の作者である少女マンガ家美内すずえの超常体験を赤裸々に記した1冊。チャネリングをしたり自動書記をしたり、はたまたフランスで前世の恋人に出会ったりして、はっきり言っていっちゃってるんである。

なぜ、彼女のそばにいた誰ひとりとして「先生！　それ単純に○○ですよ！」と、教えてあげなかったのか謎だ。

第8位　『超常現象の事典』（リン・ピクネット著　青土社）'94年

古今東西のオカルトエピソードを600ページ2段組で紹介する1冊。有名な超常現象から「東スポ」の1面にのるようなヨタ話まで網羅してあり、読んでいて飽きることがない。

たとえば、ある教会の壁にキリストの顔が浮かび上がったが、雷雨に洗い流され、カントリー歌手ウイリー・ネルソンの顔に変身してしまった。などという、驚いたもんだか笑ったもんだかさっぱりわからぬ事件が大真面目に紹介されている。日本で置き換えるなら、お寺の壁に出現した釈迦《しゃか》の顔がいつのまにか南こうせつになっていた、みたいな話だ。

第7位 『〝超能力〟と〝気〟の謎に挑む 〈宇宙のしくみ〉の根本原理に迫る』（天外伺朗著 講談社ブルーバックス）'93年

超常現象と最先端物理学、そして東洋哲学の近似点を、『風の谷のナウシカ』や『機動戦士ガンダム』など人気アニメのストーリーを引用しながら解説した1冊。おもしろい上に、とてもわかりやすい。

ところで〝講談社ブルーバックス〟シリーズには、本書のほかに、サイババ信者が最強格闘技を考察する本とか、臨死体験の真相を禅の悟りと考察する本とかもあるのだ。真面目な科学解説本の体裁を取りながら実はけっこういかがわしいシリーズなのである。

第6位 『UFOの嘘 マスコミ報道はどこまで本当か？』（志水一夫著 データハウス）'90年

テレビのUFO番組におけるヤラセや嘘を糾弾した『UFOの嘘 マスコミ報道はどこまで本当か？』は革命的な1冊だった。

プロレスで言うならグレイシー柔術の登場みたいなもんである。

その後のトンデモ本ブームにもつながっていく歴史的1冊なんじゃないでしょうか。

第5位『宜保愛子イジメを斬る！』（志水一夫著　スタジオ・シップ）'94年

宜保愛子って懐かしいね。

第4位『何かが空を飛んでいる』（稲生平太郎著　新人物往来社）'92年

ＵＦＯ現象を一種の都市伝説と捉《とら》え、ではなぜそのようなストーリーが成立するに至ったかを考察。

第3位『私は宇宙人にさらわれた！　エイリアン・アブダクションの真実』ジョン・リマー著　三交社　'90年

日本訳はＵＦＯ呼びの秋山真人。宇宙人にさらわれたと主張する人々の深層心理に、出産時の心的外傷があるのではないかと考察する1冊。『何かが〜』もそうだがＵＦＯ現象を「ある」「ない」のみで論じるのではなく、さまざまな観点からのアプローチを試みるというジョン・リマーの姿勢に、ガーン！　と衝撃を受け、ＵＦＯにドップリのめり込むきっかけとなったのであった。

第2位『仰天！　オカルト業界編集日記』（まほろば計画編　扶桑社）'93年

この本がおもしろいというより、この本をつくった人々の周辺で起こっていた一連の出来事がおもしろかった。かつて小学館の「ワンダーライフ」というオカルト専門誌があり、編集者がこぞって〝秘教科学〟というオカルトに傾倒していった。その雑誌は'92年に休刊となるのだが、携わっていた人々が、その後も超常現象に関する本を続々と出版するようになったのだ。『仰天！～』はその1冊。「ワンダーライフ」編集部を訪れたオカルトな人々を変人扱いして茶化しながら、しかし、

「ただ、これだけは知っておいてほしい。世の中には、この秘教科学を確信し、その奥義を熟知している人々がいることを。しかもそうした人々こそが、あらゆる世界を動かしていることを……」

と著す奇妙なバランス感覚がたまりません。

第1位　『最新　異星人遭遇事件百科』（郡純著　太田出版）'91年

巻末に各宇宙人の性格一覧表の載ったトンチ利きまくりの最高本。〝てんびん座人〟の性格は、「合理的な反面、情にもろいところも」あるそうだ。郡純の正体は純文学作家の変名。「郡に会わせろ！」と危ないUFOマニアからの電話が出版社にかかってくるので、「郡先生はUFO研究中、アフリカで象に踏まれて死にました」と応《こた》えていたそうな。

するとたいがいマニアの方は、「……それでは仕方がないですねぇ……」と納得したそうです。

年表

年	月日	項目
1989		大槻ケンヂAV出演（▼8）
	2月11日	TBS「イカすバンド天国」放送開始（▼12 イカ天は過ぎさり池田貴族はガンになった！）
1990	1月8日	本島長崎市長を右翼が狙撃
	2月11日	南アフリカ共和国で、マンデラ氏釈放
	2月14日	ろぅおりぃんぐぅすとおおんず来日（▼23）
	4月1日	大阪で「国際花と緑の博覧会」（花の万博）開催
	6月10日	日系2世のアルベルト・フジモリ氏がペルー大統領に
	6月29日	礼宮さま、紀子さまご成婚
	7月6日	兵庫県の高校で女子生徒が校門に挟まれ死亡
	8月2日	イラクがクウェートに軍事侵攻
	10月3日	東西ドイツが統一
	11月12日	天皇陛下、即位の礼（▼18 即位の礼、その裏でボヨヨンロックが暗躍していた！）
	12月2日	秋山豊寛さんが日本人初の宇宙飛行

1991	1月16日	多国籍軍がイラクに爆撃開始（▼48 湾岸戦争なのにオッパイまん!?）
	5月14日	横綱・千代の富士が引退
	5月15日	ジュリアナ東京オープン（▼32 お立ち台ギャルいやらしかった！）
	6月3日	雲仙・普賢岳で大規模な火砕流発生
	6月15日	フィリピンでピナツボ火山が大噴火
	6月17日	南アフリカでアパルトヘイト撤廃
	6月20日	野村證券を皮切りに4大証券の巨額損失補填発覚
	6月25日	ユーゴで民族紛争激化
	7月15日	大川隆法が東京ドームで講演会開催（▼43 幸福の科学ブレイク）
	8月19日	ソ連で「8月政変」（▼38 ソ連崩壊）
	9月17日	南北朝鮮、国連に同時加盟
	10月14日	アウン・サン・スーチーさんにノーベル平和賞
	11月5日	海部首相退陣、宮沢内閣が発足
	11月13日	宮沢りえヌード写真集『サンタフェ』発売！（▼28）
		この年、バンドブーム（▼54 バンドブーム興亡史）
1992	4月25日	尾崎豊死去（▼75 尾崎豊死す、その時オレは）
	4月29日	ロサンゼルスで暴動発生（▼70 ロス暴動！ 黒人軍団対空手家）
	6月3日	環境問題を協議する「地球サミット」開催
	6月15日	PKO（国連平和維持活動）協力法成立

	7月25日	バルセロナ五輪開幕。日本はメダル22個
	9月11日	新宿厚生年金会館でEL&P20年ぶりの来日公演（▼59 エマーソン、レイク&パーマー恐怖の再結成）
	9月12日	毛利衛さん、「エンデバー」で宇宙へ
	10月12日	長嶋茂雄さんが12年ぶりに巨人軍の監督に復帰
	11月27日	貴花田関と宮沢りえさんが婚約発表
	12月18日	「磯野家の謎」発売（▼64 謎本ブーム、最低の1冊はこれだ）
1993	1月20日	クリントン米大統領就任
	1月27日	曙、初の外国人横綱に。貴ノ花は最年少大関
	5月15日	サッカー・Jリーグ開幕
	5月18日	「理性のゆらぎ」発売（▼84 サイババブーム）
	6月9日	皇太子・雅子さまご成婚
	7月12日	北海道南西沖地震。奥尻島で大きな被害
	8月6日	細川首相が衆院本会議で指名。連立内閣がスタートへ
	11月18日	冷害・風水害で農作物被害最悪、タイからコメ緊急輸入
1994	4月6日	ルワンダで大統領暗殺を機に内戦勃発
	4月30日	K-1GRAND PRIX'94で佐竹雅昭選手が準優勝（▼115 K-1大ブレイク！ そして佐竹はオーケンとバンド結成！）

	5月1日	F1・サンマリノGPでアイルトン・セナが事故死（▼93 アイルトン・セナ死す！その時、蝮は）
	5月10日	南アフリカで全人種選挙、マンデラ氏が大統領就任
	5月27日	PCエンジン版「ときめきメモリアル」発売（▼105 ときめきメモリアルはシバリョーだ!!）
	6月27日	松本サリン事件。7人が死亡
	7月8日	向井千秋さん、「コロンビア」で宇宙へ
	7月8日	北朝鮮の金日成国家主席急死
	7月17日	シューメーカー・レビー第9彗星が木星に衝突
	7月23日	手塚治虫をパクった？『ライオン・キング』日本公開（▼89）
	10月10日	女子プロレスラーの写真集発売相次ぐ（▼110 まず井上貴子がゴンヌズバーと脱いだ！）
	10月13日	大江健三郎さんにノーベル文学賞授与
	10月21日	江戸川乱歩生誕100年（▼101）
	10月29日	長嶋巨人、日本一に
	12月3日	プレイステーション登場（▼97）
1995	1月17日	阪神・淡路大震災
	1月24日	有名フォーク歌手麻薬で逮捕（▼150）
	3月20日	地下鉄サリン事件
	5月10日	米疾病対策センターがウイルス性伝染病患者の血液サンプルからエボラ出血熱ウ

		イルスを確認（▼134 エボラ出血熱再発）
	5月31日	青島東京都知事が世界都市博覧会の中止を決定
	6月1日	ブルーハーツがNHK－FM「ミュージックスクエア」で解散宣言（▼120 ブルーハーツ&X JAPAN解散の陰にカリスマ！）
	6月29日	ソウルで百貨店が崩壊、1000人が下敷きに
	7月10日	アウン・サン・スーチーさんが自宅軟禁を解除
	9月5日	フランスがムルロア環礁で核実験を強行
	9月7日	坂本堤弁護士殺害容疑でオウム幹部ら5人を再逮捕へ（▼139 坂本弁護士一家殺害犯逮捕）
	9月8日	携帯・自動車電話の加入者数が600万人を突破（▼145 携帯電話普及、やがてウエポン化!?）
	10月3日	殺人容疑のO・J・シンプソン被告に無罪評決
	10月4日	これこそが'90年代だった!? 新世紀エヴァンゲリオン放送スタート（▼124）
	11月9日	野茂英雄投手が大リーグで日本人初の新人王に
1996	2月10日	北海道古平町・豊浜トンネルで落盤事故。20人死亡
	4月12日	沖縄の普天間飛行場、返還で日米合意
	5月10日	住宅金融専門会社（住専）処理への6850億円の財政資金投入
	7月11日	大阪府の小学校でO157集団感染
	7月19日	アトランタ五輪開幕。日本はメダル14個
	8月4日	俳優の渥美清さんが死去

年	月日	出来事
	8月28日	イギリス皇太子夫妻が離婚
	8月29日	薬害エイズ事件で安部前帝京大副学長逮捕
1997	1月2日	ロシア船籍のタンカーから重油が流出、日本海沿岸を汚染
	2月23日	「クローン羊誕生」を英国誌が報じる
	3月11日	動燃の東海事業所で爆発事故
	3月26日	UFOカルト「ヘブンズ・ゲート」集団自殺事件（▼167）
	3月30日	町田康著「くっすん大黒」発売（▼129 パンク歌手「町蔵」は改名し作家「康」になった！）
	3月31日	知ってた？ 成人映画が「ぴあ」よりフェイドアウト（▼158）
	4月1日	消費税5％スタート
	4月13日	タイガー・ウッズがマスターズ最年少制覇
	4月22日	ペルーの日本大使公邸に武力突入
	5月14日	野村證券元幹部逮捕で「総会屋汚染」明るみに
	6月28日	神戸の小6男児殺害で14歳の少年逮捕（▼162 酒鬼薔薇聖斗とキラーアンドローズ）
	7月1日	香港が中国に返還
	8月31日	ダイアナ元皇太子妃、交通事故死
	11月17日	エジプトでテロ事件勃発。観光客67人が死亡
	12月31日	東京ドームでX JAPANがラストライブ（▼120 ブルーハーツ&X JAPAN

		解散の陰にカリスマ！）
1998		この年、シャーロック・ホームズ登場110年（▼154）
	1月	'90年代オーケンの音楽活動（▼171）
	2月2日	東京亀戸でバタフライナイフを持った中学生が警官を襲う事件発生（▼195　バタフライナイフ刺傷事件、その時トンチだ！）
	2月7日	長野五輪開催。日本は金メダル5個
	5月21日	インドネシアのスハルト大統領が辞任
	6月5日	日本版ビッグバンへ向け金融改革法が成立
	6月10日	日本初出場のサッカーW杯開幕
	7月18日	'90年代爆睡映画大賞候補作『ねじ式』公開だっ！（▼175）
	7月25日	和歌山毒物カレー事件。4人が死亡（▼199　和歌山毒物カレー事件と中島みゆきの関係）
	7月30日	小渕内閣が発足
	8月17日	クリントン米大統領が不倫疑惑で「不適切な関係」を認める
	9月6日	映画監督の黒澤明さん死去
	9月27日	マグワイアが70本塁打で大リーグ記録更新
	9月29日	タイアップに腹立った！『80年代の筋少』発売だ（▼179）
	10月11日	「PRIDE4」開催（▼183　高田延彦 vs ヒクソン・グレイシー再戦はガチンコだったか!?）
	10月26日	横浜ベイスターズが日本シリーズ優勝（▼187　横浜ベイスターズ38年ぶり優勝の

		夜、ひとりの男が死んだ）
	11月11日	映画評論家・淀川長治死す（▼191）
1999	1月31日	世紀末の寒い日、ジャイアント馬場死す（▼203）
	2月28日	臓器移植法施行後初の脳死移植
	4月20日	コロラド高校生銃乱射事件！　オレもあんなだった（▼208）
	5月4日	宇多田ヒカルのアルバムが売り上げ記録を更新
	5月21日	人工孵化によりトキに赤ちゃんが誕生
	8月1日	ノストラダムスの大予言大はずれ！（▼216・221）
	8月17日	トルコ大地震、死者1万7千人に
	9月8日	池袋の繁華街で通り魔事件発生
	9月21日	台湾大地震、死者多数
	9月30日	東海村で国内初の臨界事故
	11月14日	神奈川県警の内部不祥事で幹部9人が書類送検
	12月20日	マカオがポルトガルから中国に返還
		この年、コギャルがブームに（▼213 コギャルに変身！　どうよ？　どうなのよっ!?）
2000	2月23日	特撮1stアルバム『爆誕』発売（▼226 「特撮」始動！　よろしくねっ）

文庫版のためのあとがき

「90年代」をキーワードにしたエッセイ集です。難しいことは何一つ書いていません。ポンと開けてサクサク読めて、笑える本になっているんじゃないかと思います。楽しんでください。いつでもどこでも読めますよ。

90年代の私は馬車馬のように働きまくっていました。ボーッとひきこもりがちにすごしてしまった80年代（10代）の分も、人生を取り返してやろうと意気込んでいたのでしょう。おかげで充実した日々を送ることができた。

00年代に入ってからは、悠々自適の独身貴族ライフを満喫しています。音楽やって本書いて、のほほんと実に楽しい毎日だ。「特撮」というバンドを組みつつ、フォーク形式のアンプラグドスタイルでもライブ活動を行っています。いつかあなたの町にも行くかもしれない。どうぞ気楽に遊びにいらしてください。意外にコワくないですよ。ぜひ。元気が出ますよ。

「特撮」としては03年現在、アルバム「爆誕」「ヌイグルマー」「agitator」「初めての特撮」、そしてCDブック「大槻ケンヂ全詩歌集　花火」を発売中。どれも感動しますよ。自信がある。Ｋｅｙ.三柴理、Ｇ.ＮＡＲＡＳＡＫＩ、Ｄｒ.有松博という強力な布陣です。

よろしく。

二〇〇三年八月

大槻　ケンヂ

「こんな大槻さんは90年代を語るな」

鉄拳

ピアノソロの時にジャマしてる

スグいたずらする

セミ飼っている

いっぱい買いすぎて取れなくなってる

ささってないのにボリュームあげてる

261　「こんな大槻さんは90年代を語るな」

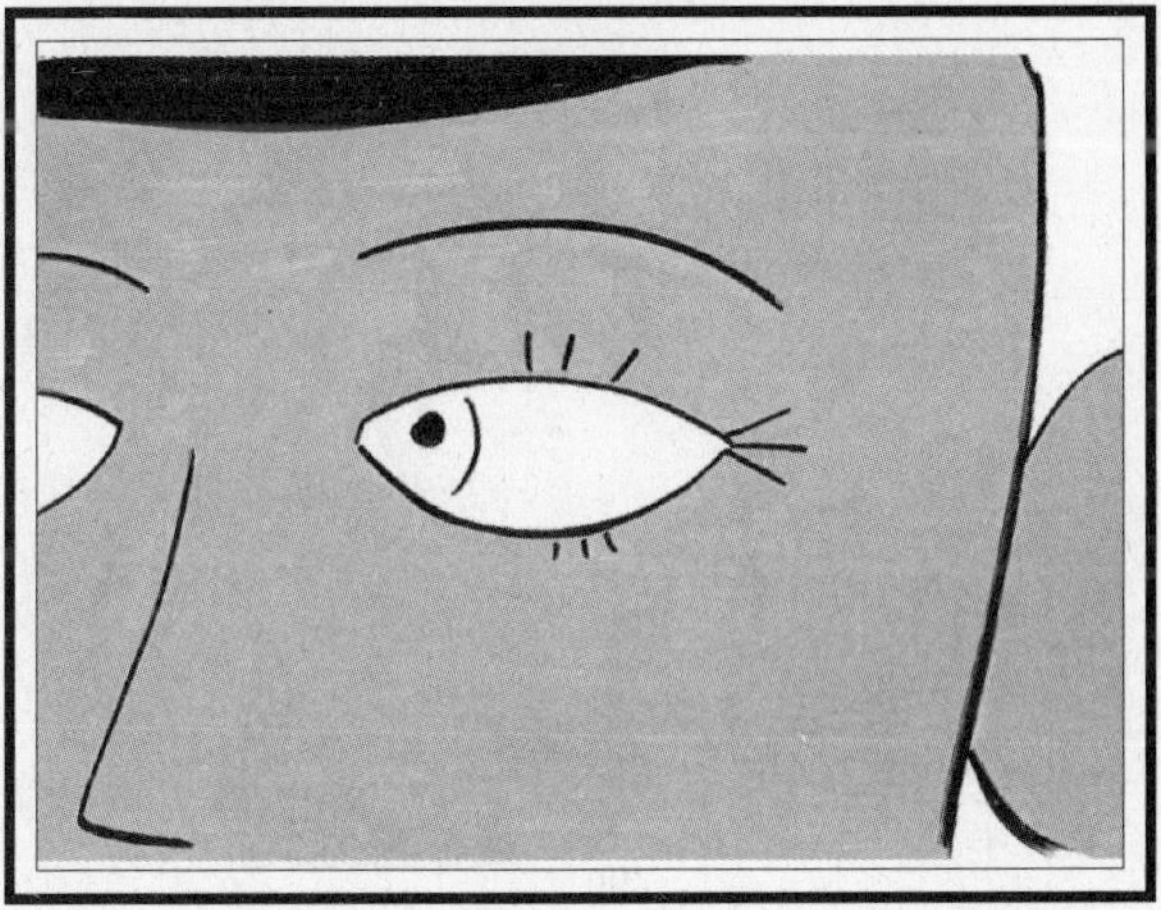
メイクかと思ったら魚だった

鉄拳　プロフィール

生年月日、血液型、出身地、いずれも不明。

変身時の身長170㎝、体重58㎏。世界の平和を守る謎のヒーロー。

1997年10月、スケッチブック片手に突然お笑いライブに出演、独特の口調と特異のスケッチブックネタで人気急上昇。ベストセラーとなった作品集『こんな○○は××だ１・２』、『鉄拳劇場』ほか著書多数。鉄拳社 HP　http://www.tekkenofficial.com

本書は、二〇〇〇年三月に小社から刊行された
単行本『90くん』を改題し、文庫化したものです。

90くんところがったあの頃《ころ》

大槻《おおつき》ケンヂ

角川文庫 13078

平成十五年九月二十五日　初版発行

発行者——田口惠司

発行所——株式会社角川書店

東京都千代田区富士見二—十三—三

電話　編集(〇三)三二三八—八五五五
　　　営業(〇三)三二三八—八五二一

〒一〇二—八一七七

振替〇〇一三〇—九—一九五二〇八

印刷所——暁印刷　製本所——コオトブックライン

装幀者——杉浦康平

定価はカバーに明記してあります。

JASRAC　出 0311534-301

お 18-11　　ISBN4-04-184712-5　C0195

角川文庫発刊に際して

角川源義

第二次世界大戦の敗北は、軍事力の敗北であった以上に、私たちの若い文化力の敗退であった。私たちの文化が戦争に対して如何に無力であり、単なるあだ花に過ぎなかったかを、私たちは身を以て体験し痛感した。西洋近代文化の摂取にとって、明治以後八十年の歳月は決して短かすぎたとは言えない。にもかかわらず、近代文化の伝統を確立し、自由な批判と柔軟な良識に富む文化層として自らを形成することに私たちは失敗して来た。そしてこれは、各層への文化の普及滲透を任務とする出版人の責任でもあった。

一九四五年以来、私たちは再び振出しに戻り、第一歩から踏み出すことを余儀なくされた。これは大きな不幸ではあるが、反面、これまでの混沌・未熟・歪曲の中にあった我が国の文化に秩序と確たる基礎を齎らすためには絶好の機会でもある。角川書店は、このような祖国の文化的危機にあたり、微力をも顧みず再建の礎石たるべき抱負と決意とをもって出発したが、ここに創立以来の念願を果すべく角川文庫を発刊する。これまで刊行されたあらゆる全集叢書文庫類の長所と短所とを検討し、古今東西の不朽の典籍を、良心的編集のもとに、廉価に、そして書架にふさわしい美本として、多くのひとびとに提供しようとする。しかし私たちは徒らに百科全書的な知識のジレッタントを作ることを目的とせず、あくまで祖国の文化に秩序と再建への道を示し、この文庫を角川書店の栄ある事業として、今後永久に継続発展せしめ、学芸と教養との殿堂として大成せんことを期したい。多くの読書子の愛情ある忠言と支持とによって、この希望と抱負とを完遂せしめられんことを願う。

一九四九年五月三日

角川文庫ベストセラー

水族館行こ ミーンズ I LOVE YOU　内田春菊

水族館をこよなく愛する著者が国内五十ヶ所の水族館を巡る、楽しいエッセイ集。これを読んだらきっと大切な人を水族館に誘いたくなる!!

カモンレッツゴー　内田春菊

ちっちゃいけれどからだは大人。パチンコの腕は右にでるものなし。キュートなクル美が巻き起こすとびきりポップなラブストーリー。

ノートブック　内田春菊

ある日、中学生の綺更は自分のノートに不思議な落書きを見つける。いったい誰がこんなことを？家族の絆の温かさとせつなさが溢れる三部作。

HOME　内田春菊

新米ママのちょっぴり間抜けな毎日、共働き夫婦と双子の娘の日常……。著者本人の家庭も含めたいろんな家庭のいろんな事情がこの一冊に！

目を閉じて抱いて(全五巻)　内田春菊

両性具有の人物、花房に吸い寄せられるように近づく男女の、倒錯した愛の姿を描き、人間の性愛の切なさ、哀しさをつきつめた傑作コミック。

わが夫、大山倍達　大山智弥子

地上最強の空手・極真空手総裁、大山倍達を陰から支えた「史上最強の内助の功」大山智弥子。その出会いから別れまでをつづった感動の物語！

大山倍達、世界制覇の道　大山倍達

一九五二年、男はハワイの地に降り立った。「空手」の名を世界に広めるために……。極真空手総裁、大山倍達の格闘人生をつづった自叙伝！

角川文庫ベストセラー

とっても、愛《アイ》ブーム　柴門ふみ
スピッツが好き、ウルフルズが好き、恋愛漫画の巨匠、柴門ふみの原動力は旺盛な好奇心、あけすけなミーハーさ、すなわち愛ブームなのである。

美味《おいし》読書《い》　～愛も学べる読書術～　柴門ふみ
恋愛の達人は読書のしかたも一味違う。ＳＦから「あすなろ白書」まで、読んだ本も、書いた本音もおいしい、笑えて学べる美味なエッセイ！

壊れゆくひと　島村洋子
どこにでもいる普通の人々、あたりまえの日常生活が少しずつズレていく。狂ってしまったのは私なのか。壊れゆく女の心を描いたサイコ・ホラー。

王子様、いただきっ！　島村洋子
「シンデレラ」「かぐや姫」など古今東西の物語を元にステキな王子様を手に入れる方法を教えます。シビアな現実にも負けない女性の爆笑恋愛エッセイ！

絵てがみブック　杉浦さやか
大切な人に気持ちを伝えるための50のアイデアをイラストで紹介。ちょっとした工夫で楽しめる楽しい手紙のあれこれ。

今ごろ結婚しているハズが…!?　谷崎光
苦情電話に死んだふり、東京タワーでガラスに頭突き、人生ほんとに楽あるの!?「てなもんや商社」でおなじみ谷崎光の怒濤の体当たり人生エッセイ。

のうみそGOODハッピー　CHARA
家族、恋愛、夫、結婚、出産、子育て、そして音楽。ミュージシャン・CHARAが人生に悩むすべての女性たちへ贈るライトエッセイ。